妄想ジョナさん。
西村 悠

Contents

イラスト／ふゆの春秋
デザイン／渡辺宏一（有限会社ニイナナニイゴオ）

妄想ジョナさん。

第一章　ジョナサン。

『妄想《もうそう》―現実間境界領域拡大症候群』なる病《やまい》とはどういったものか。

少し考えてみたい。

妄想と現実。夢と現《うつつ》。

この病は、それらの区別がつかなくなる症状全般を指す。

というか僕が勝手に作った造語だ。

症状自体は別に珍しいものではないだろう。過去に例はいくらでもある。

例えば、騎士道物語の傑作『ドン・キホーテ』がそうだ。聖書の次に発行部数が多いと言われる世界的ロングセラーにしてベストセラーである。作品の主人公であるところのドン・キホーテ・デ・ラ・マンチャは現実と妄想の区別がつかず、騎士道物語に耽溺《たんでき》し、ありもしない世の不正をただすために旅に出る。そして風車を巨人と勘違いして戦いを挑み、挙げ句はねとばされてけがを負うという悲しいまでのアホだ。

他人とは思えないほど僕に似ている。

実際の人物なら、夏目《なつめ》漱石《そうせき》、芥川《あくたがわ》龍之介《りゅうのすけ》もそのような妄想癖があったと聞く。

まあ、きちんとした医者にかかれば、きちんとした病名がついてくるのかもしれないが、あいにく僕はこの病気について医者にも家族にも相談したことがない。

さて。

これは現代のドン・キホーテとでもいうべきところの、この僕が経験した一連の恋愛について綴《つづ》った物語である。

いや、恋愛などと言ってはおこがましいのかもしれない。

なにせ、僕の恋愛にはそもそも相手が存在しない。

最初から最後まで、僕の妄想だけで完結する、ただの一人遊びだ。


新しい出発をと張り切ってクラウチングスタートの体勢に入り、走り出した途端に躓《つまず》いたのは、去年の春。

僕がまだ夢いっぱいの大学一年生だった頃《ころ》の話だ。

くそ忌々しい妄想癖のおかげで、それまでの人生においてすっかり変人の烙印《らくいん》を押されてしまった僕は、今度こそ輝かしい学生生活を送ろうと決意していた。間違っても人前で存在するはずもない妄想とケンカをしたり、川原で殴り合った挙げ句、友情を深めあったりしないと心に決めていたのだ。

たとえ突然、町中の電柱という電柱がぐにゃぐにゃと踊り始め、電線でウェーブを作ったりしていても、何食わぬ顔で横を通り過ぎた。

山の向こうから奈良《なら》の大仏も裸足で逃げ出すかと思われる巨大なウサギが顔を出し、茶をシバきながらこちらを見て――。

「桜の便りが次々に聞かれるこの折、いかがお過ごしでしょうか」

などと話し掛けてきても、僕はけして目を合わせず、コンビニで買ったフランクフルトを頬張《ほおば》った。

努力の結果、友達もできたし、ある程度、普通の人間として生きていくことができたと思う。

五月のある日、報われない恋をするまでは。

その恋に関して、事細かく語ることは差し控えたい。

ただ僕の愛した美しい人は、実は電柱だったと述べるに留める。

僕は電柱に自分の理想の女性を思い描いて、それが自分の妄想だということにも気づかずに深く愛した。

結果、彼女が電柱であると知ったとき、僕は心に、消えない傷を負った。

それ以来『妄想―現実間境界領域拡大症候群』はより激しさを増した。本を読むとその本の世界が現実世界の認識に影響を与え始めた。エイリアンが襲来するSFを読めばUFOの大軍が空を覆い、グレイが町を闊歩《かっぽ》し、メン・イン・ブラックは路地裏のあらゆるところに潜んで宇宙人を捜し始めた。

ファンタジーを読めば、町中でドラゴンと勇者が死闘を繰り広げた。

映画、漫画でもそれは同様だ。

妄想は最早制御不能ではあるけれど、その分、心構えはできている。

あまりにも現実離れしている妄想は、すぐに現実ではないとわかる。

現実では突然東京郊外にある三流大学のキャンパスにキング・コングが現れて校舎によじ登って胸を叩《たた》くようなことはありえないのである。

この手の妄想は、鬱陶《うっとう》しくはあるけれど、それほどやっかいなしろものではない。

むしろやっかいなのは、現実によく似た妄想だ。

例えば、一年前の電柱の彼女のように、現実にありえそうな妄想であると、妄想が消えるまで妄想とわからなくなることが多々あった。

うっかり現実だと思っていたものが、実は妄想だとわかる。そのような事を何度か経験しているうちに、僕は精神的自衛手段として推理力を磨き、現代のシャーロック・ホームズを自認するほどとなった。

あるいは、単純に疑り深くなっただけという可能性も否定できないが。

そういうわけで僕は孤独な毎日を送った。

大学ではいつもひとりだった。

例の電柱の彼女との恋以来、僕は近寄りがたい変人という烙印を押され、学内の有名人となった。今まで苦労して作った僕の友人達も、そのような有名人との付き合いを続けていく勇気はなかったらしい。

かくして幸せな大学生活は、空の彼方へと飛び去っていった。

今の僕は灰色の毎日を送りながら、幸せを夢見るために現実を直視しないという、自覚的な惰眠《だみん》を貪り続けている。

そんな中、僕にまとわり続けた男がひとりいる。僕に友人がいないのは、その奇妙な男が僕のそばに居続けたことも大きな要因だろう。


一年前、恋い焦がれていた彼女がただの電柱と知ったときのこと。

その日は、近年にない巨大台風が僕の住む多摩市《たまし》に迫っていた。

しかし僕は彼女の横に立っていた。彼女が電柱であると知らなかった僕は、彼女を守る騎士として、彼女のそばに寄り添っていたのだ。

その際、僕に彼女が電柱だと思い知らせ、傘を差しだしたのが砂吹《すなふき》という奇人だ。

傘の持ち手に住所が書いてあったので後日返しにいった。ついでに尋ねたいことがあったのだ。

嵐《あらし》の中でずぶ濡《ぬ》れになりながら、デレデレと電柱に話し掛ける相手に、なぜ傘など貸す気になったのだろう。良識のある一般人なら、そんな人物を見かけた場合、大きく迂回《うかい》して見なかったふりをするところなのに。

というか僕ならそうする。そんな僕に物好きにも傘を貸した男は一体どのような怪人物か、この目で確かめたいと思ったのである。

対人恐怖症気味の僕にしては珍しく、積極的に、人に会いたいと思った。

彼の住むアパートは思いの外近所だった。今にも潰《つぶ》れそうなその二階建てボロアパートは、素人が増築に増築を重ねたらしい。

継ぎ足した部分がそれぞれ、木造だったり鉄筋コンクリートだったりして統一感も安心感もない。

灰色の重たい空を背負って、今にも崩れ落ちそうだ。

男はそんなクーロン城のようなボロアパートの屋根の上で、ギターを抱えていた。

ギターを掻《か》き鳴らしながら歌をうたっているらしいけれど、音痴すぎて歌なのか叫び声なのか、判別がうまくつかなかった。

「すみません!!」

ギターの音と外れまくった歌声が止んだ。

「やあ君か。何用だね」

「か、傘を返しに来たんです」

そのときの僕は、緊張して、声が裏返っていた。

「ははは、それは今時珍しく律儀な青年だ」

男はそう言って笑い、屋根から飛び降り、空中で一回転して、ケガひとつ無く地面に降り立った。何者なんだこいつは。

「君が気に入った。私の友人となるがいい」

脈絡のない言葉だった。だというのに、有無を言わさぬ奇妙な説得力があり、僕はなぜか素直に頷《うなず》いていたのである。

そんな風にして砂吹は、僕の唯一の悪友となった。

いつもギターを背負い、麦わら帽子を被《かぶ》り、ハーフパンツにゴムサンダルというスタイルを貫いていた。しかしながらそれなりに容姿が整っているせいか、それほど奇異な格好とは思えないのが不思議である。

単純に、僕が慣れただけ、という可能性は充分にあったけれども。

夜な夜なビールの缶とつまみを持ってやってきては、わけのわからない歌を歌い、根拠のない哲学を語る。時々ふらっと連絡が付かなくなり、そしてふらっと戻って来る。どこに行っているのか尋ねてみても、基本的にははぐらかされて終わるのだ。

これが友人と言えるのかどうかは、よくわからないが、定期的に飲み会を開き、そしてその飲み会のメンバーは変わらず僕と砂吹の二名のみだった。

飲み会の費用は大抵僕が払うことになる。全く納得はできないのだが、ヤツの話を聞きながら酒を飲んでいるうちに、気がつくと僕が払う流れになっているのである。不思議なことだ。

砂吹はなぜかいつも麦わら帽子を被っている。何年生かはよくわからないけれど、とりあえず大学生ではあるらしい。とっくに卒業してもおかしくないくらい留年しまくっていることは本人から聞いていた。

「しかし君は本当に人間関係が希薄だな」

「何が言いたい」

ある夜のことだ。砂吹は焼酎《しょうちゅう》をチビチビ飲み、ギターをポロポロと弾いて、調子っぱずれの歌を歌う合間にそのようなことを言った。

　僕の小汚く貧乏くさい下宿での出来事である。

「なぜ友人を作らない。私だけでは寂しいだろう」

「僕は孤独に生きる主義なんだ。お前にどうこう言われる筋合いはないし、お前との関係を友人というなら、余計友人など必要ない」

　砂吹を睨《にら》み付けるが、砂吹はそんな僕の視線を意に介さないかのようにさらに続ける。

「私も君の主義主張にどうこう言うつもりはないが、君自身が納得していないじゃないか？　寂しいと顔に書いてある」

　彼は手鏡を僕の前に差し出し、鏡に映る僕の顔には本当に寂しいと書いてあった。

「うわっ!!」

　驚いて手鏡を取り落とし、覗《のぞ》き込んだ瞬間に納得する。この野郎、手鏡に寂しいと書いているだけじゃないか。

「こんなアホなことに労力を使わず、ちょっとは自分の心配をしろよ。いい加減卒業できるよう学問に励んだらどうだ」

「アホなことに労力を使うからこそ、見えてくる世界もあるのだよ」

「そんな世界は見えてこなくて結構だ！」

「話を戻そう」

ギターをつま弾きながら砂吹は言った。

「年頃の男子らしく、恋愛をしたいという気持ちくらいはないのかね」

彼の言葉に、僕は少しだけ視線を逸らした。

「……恋愛なんかに興味はないんだ。中身のない生き方をしている者が退屈ゆえにうつつをぬかす浮かれた遊び事だ」

「万年床の下にある数々の猥雑《わいざつ》な書物は、君にも男の欲望があることを示している」

「よ、欲望に染まった恋愛などこちらから願い下げだ‼　というかお前、なぜその事実を知っている⁉」

「カマをかけただけだ。アホな君の考えていることくらい、想像の範疇《はんちゅう》だからな」

砂吹の言葉に僕はぐぅ、と呻《うめ》いた。

「例えば君、君はキャンパスに向かう途中の細い路地で必ず懐中時計を持ったウサギの幻と遭遇《そうぐう》し、毎回絡《から》まれて困っていると言っていたが――」

砂吹は焼酎をグイと飲み干し、様子を窺《うかが》うようにじっとこちらを見上げた。

「ああ、あれには困ってるんだ。現実に対峙《たいじ》しろとか、いつまで逃避し続ける気だとか、僕の気弱さを責めてくる。正直うんざりだ」

「ふむ……散々聞かされている私も正直うんざりだが……このウサギが、例えば君を慕う心優しく可愛らしい女性に入れ替わったとしたらどうする？　わくわくしてこないか」

「……多分、全力で逃げる」

「なぜだね」

「万が一にでも、その女性に恋をしてみろ。僕にはその女性が現実か自分の作り出した妄想かもわからない。もし彼女が僕の妄想だったら悲しいじゃないか！」

「なんとも臆病《おくびょう》だねえ」

　彼はそう言ってまた小さく息をつき、立ち上がった。

「君はただ寂しいということを認めたくないだけなのだろう。手に届かない葡萄《ぶどう》を、酸っぱいと自分に言い聞かせるキツネのようなものだ」

「手に届かない葡萄に憧《あこが》れ続けるよりマシだ」

　コップに注いだ焼酎に映る、自分の顔を見つめながら言った。酒の鏡に映る僕の顔には、やはり寂しいと書いてあるように思えて、慌てて首を横に振った。

　灰色の雲と激しい風と、レインコートを巻き付けた電柱の、思い返すだけで痛々しい記憶が蘇《よみがえ》る。

「僕はひとりでいいんだ！　偽りかもしれない恋に身を焦がす虚しさに比べたら、ひとりでうすぼんやりと孤独を貪った方がなんぼかマシだ‼」

砂吹は仕方のないことだと笑って、下宿の薄いドアを開けて去っていた。バタリと閉まったドアの安っぽい音が、妙に耳に残る。

「ウサギが……女の子にか……」

なんとなく、砂吹の言葉は僕の心の片隅に居座った。


あの電柱事件から春が過ぎ夏を迎え、秋が終わって冬を越すとまた春がやってきて、夏を耐えた後にやってきた初秋から冬にかけて。

僕は人生の岐路に立つこととなる。

退屈させたなら申し訳ない。ここからが本題である。

それは秋のはじめの頃のこと。

その日は前夜見たロードショーの影響で、巨大なネコ型の乗り合い自動車が電線の上を走り、回転する駒《こま》に乗った怪物が空を舞い、公園に落ちていたドングリが突如として成長し、見上げるばかりの巨木になったりという落ち着かない妄想が頻発《ひんぱつ》した。森へのパスポートで魔法の扉が開きそうな勢いだったが、これもまた日常茶飯事《さはんじ》である。

そしていつものように大学で孤独に講義を受けようと、歩いているときだった。懐中時計を持ったウサギが僕の前に現れた。お馴染《なじ》みの妄想のひとつだ。恋をすることすら怖がる臆病者だなとか、頭の中では女性にあんなに無礼ですごいことだってできるのに、現実では臆病な、意気地なしの変態野郎だ、などとひどい言われようだった。

しかし今日の妄想は度が過ぎていた。

ようやく僕を罵倒《ばとう》することに飽きたのか、ウサギが角の向こうに消えた。と思ったら、戻って来た。

戻って来たウサギは、巨大化していた。ピンク色で身長は一六〇センチに届かないくらいか。

「おいぼんくら」

ウサギは小さな声で言った。巨大化したせいだろうか、声まで少し変わっているような気がした。

「おまえの呆《あき》れ果てた臆病振りに、私は心底うんざりしているんだ。変態、臆病者、怠け者の上に望みだけは高いときては始末が悪い」

どうやら性格はいつも通りのようであった。

「……今日はやけに絡むな」

「さすがぼんくら、私をウサギと勘違いしているようだな」

「少々でかくて漫画的だけど、ウサギじゃないか」

「世に並ぶ者のないぼんくらめ。私はウサギではない。こんな巨大なウサギは地球に存在しない」

そんなことは先刻承知だった。だからこそ自分の妄想と断じることができるのだ。

そしてこいつはさっきからぼんくらぼんくらうるさくてしょうがない。

ウサギは自分の頭を両手で摑《つか》むと、なんと自らの首を引きちぎるかのように、グルグルと頭を回し始めた。

僕は思わず叫び声を上げ、逃げ出そうとした。

しかしウサギは驚異的な速度で飛びかかり、僕を地面に押し倒した。背中に走った衝撃で息を止め、目の前のウサギの姿に、息を吞《の》む。

ウサギの首は百八十度ほど回転していた。

完全にホラーだ。あまりの恐怖に声さえあげられない。

ウサギは僕に馬乗りになったまま、自らの頭に手を添え、そして首をねじ切った。

絹を裂くような女性の悲鳴が、自分の声だと気がつくのに時間を必要とした。

もげたウサギの首は地面に転がり、そして……。

ウサギの胴体の上には、人間の首がくっついていた。

「……私は人間型の妄想だ」

ウサギの胴体にくっついた人間の顔はそう言った。

「初めまして、パパとでも言った方がいいか?」

人間の首がニタリと笑い、あまりの驚きに僕の意識は遠退きかけた。


よくよく見れば、それは確かに人間だった。いや正確には人間の形をした忌々しき僕の妄想である。

そしてウサギの着ぐるみを来た女性型の妄想は、あろうことか僕に、お前を人生の袋小路から助け出してやるから飯をおごれとのたまった。

整った顔に反比例して図々しいヤツだ。親の顔が見てみたい、よほどせこい小物だろうと考えて、これ以上考えると心に消えない傷がつきそうなので考えるのをやめた。

「高級レストラン、といきたいところだが、お前のさもしい経済事情を鑑《かんが》みて、近場のファミリーレストランで許してやろう」

彼女はそう言って、もう一度角の向こうに消えると、今度は全身、人の形をして出てきた。

改めて己《おのれ》が妄想を確認する。

背は、平均的な女性の身長よりやや低いように思われる。

なにやら強気な雰囲気の凜々《りり》しい目元、眉《まゆ》は細く、小さい顔に小さい鼻と小さい口。驚くほど整っているはずなのに、むっとしたような表情と野放図に放ちまくる不機嫌なオーラが全てを台無しにしているように思われた。

服装はカーディガンにワンピース、そしてジーンズという、シンプルで飾り気のないものであり、その格好は大学にいけばいくらもいる女学生とそれほど変わらない平均的な服装のようである。ファッション性のファの字もない僕の妄想にしては趣味がいい。

「さあ、おごるのかおごらないのか、どちらだ」

「な、なんで自分の妄想に飯をおごらなければならないんだ」

意味がわからない。妄想に飯をおごれと迫られる大学生がこの世に何人いるだろう。

しかし僕は、押しの弱さにおいては大学一であろうという自負を持った男である。強く出られたが最後、僕には反抗する術がなかった。

押し問答の後、結局彼女に命じられるまま大学の近くにあるファミリーレストランへと向かうこととなった。

「お一人様ですか？」

と当然のように尋ねる女性店員に、一瞬二人と言いかけ、これが自分の妄想であることを思い出し、ひとりだと返答した。

二人がけの席に対面して座った時点で、僕はこの限りなくリアルな妄想の真意を探るべく、ヤツに声をかけた。

「おい」

「おいと呼ぶな、不愉快だ。私は『おい』などという名前ではない」

涼しげな声がそう答えた。

「ではなんと呼べばいい。名前なんてないじゃないか」

「名はある」

あるはずがない、なぜなら僕が彼女の名前を全く思いついていなかったからだ。しばらく彼女の沈黙を見守った後、返事を諦《あきら》めて、僕はメニューに目を走らせ始める。

そのとき。

「私の名はジョナという。ジョナさんと呼ぶがいい」

天啓を得たかのような表情でジョナさんが言った。

なるほど、メニュー表に書かれた店名から名を得たというわけか。

さすが僕。ひねりもかわいげもないネーミングセンスだ。

「……今、この場で名前を考えただろう」

「いや、元からそのような名前だ」

「ウソをつけ」

「ウソなどついていない」

彼女はやたらと胸を張ってそう言った。やがて店員がやってきて、僕にメニューを尋ねた。

「私はこのハヤシ風オムライスを所望する」

ジョナさんはそう言ったが当然のごとく店員は反応しない。

「おい、妄想の身である私にはメニューを頼むことができない。お前が頼め」

ジョナさんの居丈高《いたけだか》な言葉にムッとして、僕はポテトフライをひとつ所望した。

「ハヤシ風オムライスはどうした」

「うるさい。どうせ君は食べられやしない。妄想に食事を出すなんて金の無駄だ。僕が食べるポテトフライを見て己の空腹を悲しむがいい」

「それはどうかな？」

彼女は不敵にニヤリと笑ってみせた。

そして、やってきたポテトフライを、彼女はムシャムシャと食べ始めたのである。開いた口が塞《ふさ》がらない。これではまるで人間ではないか。

「ふん、喰《く》ってやったぞ」

ジョナさんは鼻を鳴らして、どこか得意げに言う。

まさか人間なのか？　と一瞬思ったがそんなわけはない。店員が彼女を全く認識していなかった。だから彼女は、僕の妄想のはずだ。

おそらく彼女がポテトフライを食べるという妄想を現実とするために、僕は自分でポテトフライを貪り食べ、それを彼女が食べたということにしているのだろう。

いや、あるいはポテトフライが減っているというこの状況自体が僕の妄想なのだろうか。

ややこしい……。

最早何が現実で何が妄想なのかわからなくなってきた。

ここまで妄想をたくましくして彼女をここに存在させる理由が理解できない。

一体僕はなぜ彼女を作ったのだろう。

「……君の目的はなんだ」

「お前の妄想だぞ、わからないのか」

「さっぱりわからない」

「ふん、自分の心さえ理解できないなんて、やはりアホだな」

「その僕の妄想から生まれた君は、文字通りアホの結晶だな」

僕の皮肉など気にもしないかのように、彼女は最後のポテトフライを食べ終え、じっと僕を見つめて黙った。

妄想とはいえ姿は人間の女性と判別が付かない。小柄とは言え美女といっても差し支えない人物から見つめられて、女性に免疫《めんえき》のない僕が平常心を保てるわけがない。

「顔を赤くしてるな。私が魅力的なのは先刻承知だが、自らの妄想に欲情するのはどうなんだ？　やはり筋金入りの天才的変態だな」

「よ、欲情なんてしていない！」

思わず大きな声を出してしまい、周囲から冷ややかな視線を浴びた。

「要求を呑むなら……私の目的、教えてやってもいいぞ」

彼女はメニュー表に載せられた、ハヤシ風オムライスを指差して、僕を試すように見つめた。

どうやらとことん、この妄想と付き合わなくてはいけないらしい。

僕は店員に、ハヤシ風オムライスをひとつ注文した。


「実はお前は、無意識下でこの状況を変えたいと思っているんだ」

オムライスを食べながらジョナさんは言った。

「妄想に囲まれた孤独な生活。友人といえば、時折飲み会を開き、会費は全部お前に押しつけるギターを担ぐ奇人、砂吹とかいうヤツくらいのものだろう。大学生活を謳《おう》歌《か》する一般学生とはエラい違いだと思わないか？」

「べ、別にいいだろう！　僕は孤独な生活に満足しているんだ。なにも不満はない」

「と自らに言い聞かせているわけだ」

オムライスを口に運んでいたフォークを僕に向けて彼女は言うのだ。

彼女の言葉に二の句を継げない自分が悔しい。歯軋《はぎし》りをしていると、彼女は、まあ気にすることはない、とオムライスがよほど気に入ったのか、ゆったりとした上機嫌な口調で続ける。

「本当は夢見てるんだ。我ら妄想と縁を切り、現実を直視し、友人達と笑い合い、恋人と愛を語り合う幸せな日々を」

「そ、そんなことはない……僕は孤高を愛してるんだ」

否定する僕の言葉には若干力がないように思われた。

「人がなぜ妄想するかわかるか？　現実から目を背け、自らに都合のいい世界に逃げ出すためだ。だからお前に現実と戦う強さがあれば、必然、私達はお前の視界から消えるはずだ」

「……さっきから偉そうだぞ。君達のせいで僕は変人扱いされて、孤独になったんだからな？」

「だったら余計、私達が邪魔だろう。消したいと思っているはずだ」

彼女の言葉に僕は渋々頷いた。

「お前はずっと妄想まみれの世界で孤独に生きる気なのか。そうじゃないだろう。そんな人生はお断りだと思っているはずだ」

ジョナさんの言葉には奇妙な説得力があった。彼女は真剣な表情で続ける。

「私が生まれたのが何よりの証拠だ。己の欲するところから目を逸らすな若人よ」

「……君はなんでそんなに偉そうなんだ」

「医者にかかる気はないのか？」

「一度だけ医者に行こうと考えたこともあったよ」

「でも結局やめてしまった」

ジョナさんの言葉に小さく頷く。

自分の異常性が、医学によって証明されてしまうことが怖かったのだ。

僕はこの症状を、学校関係者はおろか、家族にだって隠し続けた。おかしいと思われるのが、怖かった。家族にまで、僕がまともじゃないと思われるのは嫌だった。

「君のおかげで気持ちが落ち込んできたぞ」

安心しろ、とジョナさんは言った。

「私はお前を導くべき存在。言わばお前の守護神だ。大船に乗ったつもりで私を頼り、私の言葉に従うがいい。私には秘策がある」

「秘策？」

「そう。この会談こそが妄想と縁を切り、充実した大学生ライフを満喫すべくまい進する、お前の輝かしい第一歩になるだろう」

自信ありげにそう言うと、彼女はオムライスを食べきった。

食べきった、と僕が妄想しているだけなのか、それとも彼女に代わり僕が無意識のうちに食べきったのかは定かではない。


ジョナさんの秘策とは、誰でも考えつくド直球、クラスの飲み会への参加であった。

策と言うほどの工夫はないが、有効な方法ではあると考えられた。

大学生は飲み会が好きだ。教授を慰労《いろう》するとか、勉学について議論を交わすとか、クラス内、あるいはサークル内の絆《きずな》をより確かなものにするとか、最もらしい理由をつけて何かと飲み会を開きたがる。

しかしながら。

僕にとっては高度なコミュニケーション能力がなければ生き残れない戦場だ。

話にうまく混ざることができなければ、皆が談笑しているのを見ながら、端っこでひとり寂しく酒を飲むという、生まれてきたことを後悔したくなるような状況に追い込まれる。

と容易に想像できる。

もちろん、参加したことは一度もない。参加する勇気ももちろんない。ジョナさんが何を考えているかは知らないが、そんな戦地に入り込むチャンスがそうまいこと転がっているはずがないと高をくくっていたところ——。

本当に転がっていた。

飲み会への扉が今、目の前に大きく開かれていた。

それは我が大学のキャンパス十一号館四階での出来事である。僕の所属する心理学科二年生の必須《ひっす》科目である基礎心理実験IIの授業後のこと。

同クラスのある女性が、行く予定になっていた知り合いが欠員となったので、誰《だれ》か、あらたに参加してくれないかと言い出したのである。

そんな声明が発表されると共に、僕はそそくさとその場を後にして教室を出た。

そこで待ち構えていた、ジョナさんに見つかった。

「また逃げようと言うのか、お前」

「……やはり今回は無理だ。日を改めよう！」

逃げようとする僕の腕を、彼女はむんずと摑んだ。

「今日できないものが明日できるか。案ずるより産むが易しだ。戦え、男を見せろ」

「戦うのはやぶさかじゃない！　ただ今日はお腹が痛くて！」

「ウソつけ！」

「あのう」

自らの妄想ともみ合っているうちに、声をかけられた。振り返ればクラスでも特に目立つ美しい女性がいる。

「もしよかったら、飲み会、出てみませんか？」

ジョナさんともみ合っていたのも忘れて、僕は目を丸くしてその女性を見つめた。

「え、あの……僕ですか？」

声は思い切り裏返っていたけれど、気にする余裕は僕にはなかった。

「ええ、そうです。あなたです。もし時間が合えば、でいいんですが……」

その女性はにっこりと笑った。レジを間に挟まない場所で血の繋《つな》がらない女性と話をしたのは、実に数年ぶりのことであった。

僕は口を何度か開閉したのち、小さく頷いた。

「よかった。じゃあ、今夜六時に多摩センター駅前の南口の方に集合ですから。私、ずっとあなたとお話してみたかったんです」

彼女の言葉が、胸の奥でエコーを伴って繰り返された。

「ほら、私の言った通りになったじゃないか」

僕はそのとき、ジョナさんの嬉《うれ》しそうな笑顔というものを初めて見た。

不覚にも、可愛いらしい、と思ってしまった。

自分の妄想に対して、何を考えてるんだろうと、少し反省した。


飲み会。突然降って湧《わ》いたような幸せな大学生活への道。恋人が欲しいなどと贅沢《ぜいたく》は言わない。しかし運が良ければ、友達ができるかもしれない。そう思えば心も躍る。しょうもない妄想に悩まされているばかりの僕にも、気軽に話し掛けられる知り合いができるのかもしれないのだ。

例えば授業が終わった後、みんなでファミレスでうだうだしたりできるかもしれない。そうしたら、昨日見たくだらないテレビ番組の話をしよう、つまらないゲームの話だってする。俺《おれ》らっていつもこんなんだなあ、とか言って笑い合うのだ。

ジョナさんに言われるまでもなく、僕は張り切った。即刻ATMへ走って、なけなしの貯金を切り崩した。重要なのは身嗜《みだしな》みだ。

人との交流と言えば砂吹くらいのものである。外見に気を遣ったことなどない僕の服は、どれもこれもくたびれきっている。服を新調する必要があるだろう。あまり高いものは買えないし、ファッションなんてよくわからないから、とにかくシンプルかつ清潔感のあるものにしよう。おかしくなければそれでよい。

最早時間との戦いであった。服を選びに選び、ついでに書店で買った『失敗しない話し方』という本を熟読した。

もちろんこんなものを読んだところで、突然ウィットに富んだ会話はできないだろうが、何かしなければ落ち着かないのだ。

「無理はするなよ」

僕のアパートの前に待機していたジョナさんは、少し心配そうに言う。

「変に張り切るな。その場を楽しめればいいんだからな。無理に友達を作ろうとか、ましてや恋人なんて作ろうとするな。お前にはまだ早い」

彼女の明らかに落ち着かない調子に、僕は少し笑った。

「何を言ってるんだ。火を点けたのは君じゃないか。帰ってきたら、土産話を聞かせてやろう！　楽しみに待っているがいい！」

ジョナさんにそう言って、僕は集合場所に出発した。

多摩センター駅南口。五分前、そこにはすでにクラスの人々が集まっていた。僕の姿を見ると、皆もにこやかに手を振ってくれた。

僕を誘ってくれた女性が前に出て、僕を見て笑う。

「みんな、あなたのことを待っていたんですよ。まさか来てもらえるとは思わなかったから」

「き、今日はよろしくお願いします」

緊張し過ぎて声が裏返ってしまった。彼女は少し笑って、それからみんなに、それじゃあ行こうか、と言って、飲み屋への移動が始まった。

みんなの後ろについて歩いて行く。

飲み屋に入る。少し暗めの橙色《だいだいいろ》の照明とあちこちから聞こえる賑《にぎ》やかな声が僕を出迎える。

僕を誘ってくれた女性が幹事らしく明るく挨拶《あいさつ》をした。

乾杯の音頭《おんど》と共に歓談が始まる。うまく溶け込めるかなと心配していたのだけど。

「いつもはどんな一日を送ってるんですか？」

「趣味はどんな？」

そんな質問攻めに遭う。こんなに大勢の人の視線を集めることなど全く慣れていなかった僕は、緊張と恥ずかしさに身を縮めた。

けれど嬉しかった。

僕は喋《しゃべ》った。

そしてみんな、僕の話を聞いてくれた。

これまでの孤独を埋めようと、一心不乱に語り続けた。僕の暗い人生は今夜終わりを告げた。これからは日の当たる場所で生きていけるのだ。そう思っていた。

みんな、こんな幸せな時間を経験していたのか。そして僕は、こんな楽しい時間を経験したことがなかったのか。

驚き、悲しくなり、そして嬉しくなった。

喋り疲れ、心地好い満足感に身を浸しながら、酒を飲んでいたときのこと。

「ねえ、あれが電柱と恋に落ちたっていう……」

「わりと振る舞いは普通だよな」

「いや、コミュ障だよ。全然会話がかみ合わないもん」

「声が裏返るんだよな。さっきからさ。笑いを堪えるのが大変で」

「そう?　ちょっと怖いよ、あの人」

「あんまりからかわない方がいいぜ。いきなり暴れ出したりするらしいし」

「ああ、アレだろ、突然男子生徒に殴りかかったってヤツ、いかれてるよなあ」

「あ、あれ見てたよ。完全に普通じゃなかった。怖いぜ、あれ」

「でもまあ、心理学科としては気になるサンプルだよな」

そんな声が聞こえてきた。慌てて振り向いたけれど、その声がどこから発せられているのかは、僕にはわからなかった。

「あのう」

僕を誘ってくれた幹事さんが遠慮がちに声をかけた。

「例の、電柱に恋をしたっていう話、してくれませんか?」

どこからか、クスクスと笑う声が聞こえた。

「一体どういう頭の構造してりゃ、電柱に恋ができるんだよ」

「そういうのを研究するのが俺達の仕事だろ?」

そんな声が聞こえてきた。幹事さんは笑いながら、ちょっと失礼だよう、と言った。

僕は呆然《ぼうぜん》と周りを見渡した。

気がつけば、周囲から遠慮がちな視線が僕に注がれていた。

顔が赤くなるのが、自分でもよくわかる。

「でも、興味があるのは、本当なんです。どういうモノの見え方をしてるのかとか、ほら、私達一応心理学科だし、気になって」

彼女の言葉に、僕は身体を固まらせた。

握った拳《こぶし》が震えた。羞恥《しゅうち》と怒りと情けなさと悲しさが一緒くたになって、身体中に吹き荒れた。

顔を上げ、何か言ってやろうと口を開き、結局何も言えず、僕は再び俯《うつむ》いていた。

「ち……ちょっと、と、トト、トイレに……」

蚊《か》の鳴くような声で僕はそう言って席を立ち、そのまま飲み屋を駆け出た。

わけのわからない衝動に駆られながら、僕はしばらく走り、それから小さく息をつく。身体はまだ震えていた。

なぜ飲み会に呼ばれたのか、ようやくわかった。

彼らは僕を酒の肴《さかな》にしていたのである。

動物園の動物であり、研究室のモルモットである。

友達ができるかもと浮かれていたのは、僕ひとりだった。今までと何も変わらない。

好奇の目にさらされ、あいつはおかしいと陰口を叩かれる。

今までと何も変わらない。

何も。

幸い、事前に飲み代を集金していたのが不幸中の幸いだなと思って、そんなことを考える自分になぜか笑いが込み上げた。

多摩センターという駅から南にのびる通りをしばらく歩く。すると、僕が買い物帰りによく散歩する、パルテノン多摩というギリシャ時代から飛び出してきたような名前の大きな公園が見えてくる。

散策に向いた遊歩道。芝生の敷き詰められた広い敷地。噴水。とても広いその公園を歩くのは、僕の大好きなことのひとつだった。特に気持ちが沈んでしまったときはここを歩くと気持ちが落ち着いた。

足は自然と公園に向く。夜。誰もいない。夜空にはアホかというほどの星が輝いていた。秋の風は、先程まで人の熱気にさらされていた身には、とても冷たく感じて、一度震えた。

とりあえず、酔いを覚まそうとベンチに座った。

青白い月明かりに照らされて、広大な芝生が広がっているのが見えた。

目を閉じて、しばらく考え事をして、目を開けると、いつの間にか隣には、巨大なウサギが座っていた。

「ジョナさんか……」

ウサギは小さく首を縦に振った。

「飲み会はどうだった。ひどく落ち込んでいるように見えるが」

くぐもった声がそう尋ねた。

「僕の妄想だろ。言わなくてもわかるはずだ」

ウサギは小さく頷いた。

「……軽はずみな提案だったかもしれない」

ウサギはうなだれて言った。僕以上にしょげ返っているようにも思えた。

「……まあ、いつものことだ」

小さな声で呟《つぶや》いた。自らの妄想に慰められ、自らの妄想を慰める。結局僕には、こんな自己完結的な状況が似合っているということなのだろう。

「これまで繰り返されたことと、何も違わない。慣れてる。だから平気だ。何も問題ない。どうってことはない。たいしたことはないんだ、本当に。ウソじゃない」

半ば自分に言い聞かせているようだと、他人事のように思った。

「どうせこうなるとわかっているはずなのに、僕はいつまでも学ばないな。手に届かない幸せなんて、望んだって意味がないと知っているはずなのに」

「私が力になる。お前は幸せになれる」

彼女は力強く断じた。

「……妄想の君に何ができるんだ」

空を見つめたまま、そうぼんやりと言った。

「努力なら飽きるほどしてきたつもりだ。でもダメだった。もういいんだ」

「……私は、お前が幸せな現実を送りたいという気持ちが生んだ妄想だ。私がお前の隣にいるということは、お前自身が、まだ前に進もうと努力しているということだ。そういう人間が幸せになれない世界などウソだ」

ウサギはそっと僕の手の上にその手を乗せた。

「お前はつまずいたのかもしれないが、それは一歩を踏み出した証拠でもある」

妄想でできた手は、少しだけ温もりがある気がした。

夜が更けていく間、ずっと公園で語った。僕のくだらない独り言を、彼女はただ黙って聞いていた。

僕は全く何も傷ついていないともう一度言って、ジョナさんは静かに頷いた。

本当は違った。

悔しくて仕方がなかった。なぜ僕が笑われるのか、なぜ僕がこんなことにならなければならないのか。なぜこんなことになってしまうのか。

幼少の頃からのありとあらゆる寂しさが蘇った。なんとかごまかしてきた自らのプライドは頭の中でバラバラになりかけていた。いつもひとりだった。クラスでグループを作ればひとりだけあぶれた。休み時間が苦痛だった。昼休みなんか最悪だった。大勢の中にいたくなかった。自分がひとりであることを痛感させられるから。

ずっとひとりだった。これからもきっとずっとひとりだ。

何かあるたびに、こんな惨めな思いをし続ける。

僕が何をしたのだ。何か悪いことをしたのか。なぜだ。なぜ僕だけが幸せになれない。なぜみんなのように友達ができない。なぜ僕ばかりがいつもいつも見世物になり、見世物にされることに怯《おび》えて生きていかなくてはいけないのか。

なぜ人類はこれほど薄汚れているのか。

なぜ世界にはこれほど慈悲がないのか。

なぜ僕はこれほどどうしようもないのか！

幾千通りのなぜが頭の中に思い浮かび、グルグルと出口のない迷路のような思考をさまよった。そしてそんな思いを自分の妄想にすらぶつけることができない意気地のなさが嫌になった。


いつの間にかうとうとしていたらしい。

昔の夢を見た。

それは、あの一年前の夢だ。

できれば忘れ去りたい思い出についての夢。

あのとき、若葉の薫る五月も半ば、爽《さわ》やかな風が駆け抜ける中――。

僕はひとつの奇跡を見た。

彼女は校門の前で本を読んでいた。長い黒髪、時折ページをめくる白い指の動き。口元に浮かんだかすかな笑み。かすかに伏せた目、長い睫《まつげ》。ロングスカートにクリーム色のカーディガンを羽織ったその姿は、まさしく可憐《かれん》という言葉が相応しかった。

一目惚《ひとめぼ》れというものを初めて体験した。

声をかけるなんて、恐れ多いことはできなかった。

あまりじろじろと眺めて、変態だと思われるのは忍びない。僕はいつも彼女の存在を視界の端に捉《とら》えながら、学校を後にするだけだ。

しかしそれでも幸せだった。今まで生きてきた中で一番幸せだった。

勇気のない僕には、この恋はそのまま収束するはずのものだった。それでよかった。

しかしある日、事件が起きた。

彼女が複数の男達に囲まれているのを見た。金髪やら茶髪やら、いかにも遊んでいそうなガラの悪い風体の男達が数人。彼女の周りにたむろしている。

行き来する学生達はみな、見て見ぬふり。現代の若者の嘆かわしいことと言ったらない。僕もそんな現代の若者らしく硬直した。男のひとりと目が合ったが、僕は慌てて逸らした。

そもそも本当に彼女は困っているのか？　彼らは彼女の友達なのかもしれない。ひとりガテンして間に入っては恥をかくだけではないのか？　そんな類の言い訳が脳裏に次々とわき上がっていく。

手のひらが汗でぬるぬるとしてくるのを感じながら、僕はまた歩き出し——。

そして引き返した。

何が友達なのかもしれないだ。彼女は完全に困っていたじゃないか。助けを求めて視線をさまよわせていたじゃないか。

このまま去ってしまっては、お前に恋をする資格なんて一生ない！

湧いて出る恐怖を無理矢理抑えて、僕は彼らの前に立った。

「お前達！　彼女に何をしているんだ！」

「彼女？　なんのことだ？」

「とぼけるな！　大勢の男がか弱い女性を取り囲んで、恥ずかしくないのか！」

果敢にも僕は言った。やや声が震えているのはご愛敬である。

彼女が僕を見つめる。目の端に涙を浮かべていた。初めて目が合った。認識された。

「あの……」

彼女は言った。想像通りの美しい声だった。そして痛ましくも、彼女の声もまた震えていたのだった。

百倍の勇気をもらった気がした。彼女が僕を見ている。今この瞬間、僕は彼女を守る騎士である。

ドン・キホーテでさえ風車に戦いを挑んだのだ。

相手はただのごろつきじゃないか。僕だってやってやる。

身体中に力がみなぎる。日頃無意味に行っている筋力トレーニングの成果を今こそ見せるときだろう。

男達に立ち向かい、激昂《げっこう》し襲いかかる者どもをちぎっては投げちぎっては投げ……

ることはできなかった。

むしろ一方的にやられた。

それでもやがて、男達は集まってきた観衆の目を気にして去っていた。

「だ、大丈夫ですか」

彼女が慌てて僕に声をかける。

「ははは……これくらいたいしたことではありませんよ」

腫《は》れ上がった唇を動かして僕は言った。水溜《たま》りに映る僕の顔は、首の上に達磨《だるま》を乗せているかのようにまん丸く腫れ上がっている。

かっこわるいことこの上なかった。

「ああ、こんなに……すみません。私のために……」

彼女は優しく手を差し伸べてくれた。その手を取らずに、無理をして立ち上がると、僕は余裕の笑みを浮かべる。

「いえ、本当に大丈夫です。普段から鍛えてますから」

文明人たるもの身体ではなく頭を使えという信条を貫いている自分の口から、このようなでたらめが出てきたのは我ながら驚くほかないが、これも彼女を安心させるための方便である。

自分を強い男に見せたかったからでは断じてない。

「あの……お名前は……」

「名乗るほどの者ではありません」

そう言ってしまうと、後は数秒の沈黙。

正直、何を話せばいいのかわからなくなってしまったのである。

なにしろ、生まれてこの方、女性とまともに話したことがない。

恋愛経験値ゼロの、僕のような男が、このように可憐な乙女を前にして長時間会話をするなど、神をも恐れぬ所業といえよう。

やたらと周囲の注目を集めてしまったのも問題だった。こんな状況は彼女も望まないはずである。

「そ、それじゃあ」

僕はそう言って頭を下げ、その場を去った。

それから様々な奇跡が起きて、僕と彼女はゆっくりと、しかし確実に愛の絆を深めていった。信じられないことだ。こんな奇跡が起きるなら、明日隕石《いんせき》が落ちてきてもおかしくはない。

僕達は不思議と気が合った。読む本も見る映画も、そしてそれらに対して抱く感想も完璧《かんぺき》と言っていいほど一致していた。

話は弾み、僕は彼女と一心同体であるような気がしていた。

そしてあの嵐の日がやってくる。

その日僕は、彼女が本当に僕と一心同体であったことを知った。

悪天候となった夕刻、校門前に人通りはなかった。

しかし彼女はその日も、ずっと校門の前に立っていた。そろそろ家に戻った方がいいのではないだろうかと言ったが彼女はただ首を横に振った。

「あなたこそ、お帰りになった方が……風邪をひきますよ」

彼女の心配そうな声に僕は首を横に振る。

「いいえ、お気になさらず。これでも丈夫な方ですから。それで、あなたは……その、待ってる人でもいるんですか？」

「いいえ」

「雨が強くなってきましたよ。もう帰りませんか」

「いいえ」

彼女は悲しそうに顔を伏せた。

だから、僕もなんだか泣きたくなった。

「少し待っていてください……いや、帰りたくなったら帰ってかまいません。むしろ一刻も早く帰った方がいい」

そう言って、僕は近場のデパートへと走った。

あの雨風は傘では防げまい。あんなに濡れては風邪をひいてしまう。

熱だって出るかもしれない。

彼女が苦しそうにしている姿など、想像するだけで嫌だ。

デパートから外に出たときは、雨風はより強くなっていた。風で傘を飛ばされたが構わなかった。大きな通りの歩道を駆け抜け、彼女の下へと走った。雨合羽《あまがっぱ》を差し出すと彼女は驚いたように僕を見た。

「それを、買いに行ってらしたんですか？」

「はい、濡れてはいけないと思って」

「……ご自分のものは……」

言われて初めて気がついた。僕は顔を赤くして笑った。

「忘れていた。ははは、間抜けな話です」

雨も風も叩きつけるような勢いだった。僕は風上に立った。あまり意味がないようにも思えたけれど、これで少しは風も防げるだろう。

「さあ、着てください」

「ダメです。あなたが着てください」

「いやです！　これはあなたのためのものです。さあ」

「でも……」

彼女は困ったように顔を背ける。

「よければ着せましょう」

彼女は頰を染めてゆっくりと頷いた。

僕は彼女の肩にコートを通した。

雨合羽に身を包んだ彼女も、変わらずに美しかった。

僕は幸せだった。しかし同時に悲しかった。

かたくなに立ち続ける彼女がなぜだか無性に悲しい存在のように思えた。

彼女はやがて俯いた。頰を伝って水滴がポタリと落ちる。

それはひどい雨のせいばかりとは思えなかった。何か声をかけたかったのだけれど、何を話していいかわからず、僕はただ彼女のそばに佇《たたず》み続けた。

すでに、時は深夜に及んでいた。

そして、その時が訪れた。

「使いたまえ」

現れたその男は、真っ赤な傘を差し出した。おそろしく丈夫な傘なのだろうか。ひどい雨風にもびくともしない。

彼は僕の作り出す妄想にまみれていた。

肩の上にはキセルを吸うカエルが腰掛け、二足歩行のネコが足下に立ち、頭の上にはシルクハットを被ったアヒルが鎮座《ちんざ》していた。ビーチサンダルを履く足首は異様に生っ白く、背にはギターを抱えている。

なんだこいつは。

「傘、いらないのかね」

「い、いや。ありがとうございます」

慌てて傘を受け取る。

「でも……どうして……」

「あまりにも君が不憫《ふびん》だったのだ」

「不憫……？」

「私も大学生なのだが、通りがけによく君の姿を見てね。アホ面でいつも立っているのが印象深かった。この雨風の中とはいえ、筋金入りのアホならひょっとして、と思って来てみたのだよ。雨の中の君を見ているうちに、面白さを突き抜けて悲しくなってきたところだ。傘を使いたまえ。君には必要なものだろう」

男の言葉には奇妙な説得力があるように思え、僕は手にしていた赤い傘を差した。

「早く帰った方がいい。報われぬ恋に身を焦がすことほど、つらいことはない」

ふと我に返ってみると自分がバカにされていることにハタと気がつき、傘を地面に叩き付けたくなった。

「バカにするのはやめてくれ!!　たとえ振り向かれなくても、僕は幸せなんだ！　僕は真面目に、彼女を愛しているんだ！」

「君が幸せだというなら止めはしない。しかし目を凝らしてよく見てみたまえ。そこに君の幸せは本当にあるのか」

何を言っているのかわからなかった。

「君の憧れの人は、電柱だぞ」

風雨の中で、その声はやけに響いて聞こえた。

「何をバカな……」

けれど、男の言葉を証明するように、僕の隣にいたはずの彼女の温かみが一瞬にして消えうせた。

最後に、どうかお幸せにという声が耳に届いた。驚いて振り向く。

そこに彼女はいなかった。

バタバタと風にゆれる雨合羽が引っかかった電柱があるばかりだった。

頭が真っ白になる。

状況を理解するまで、十数秒の時間が必要だった。

できれば永遠に、理解したくなんてなかった。

高校生の頃、生涯で初めてできた友人がいた。

後に僕は、それが自分の妄想だと悟って泣いたことがある。

今、あのときと同じように。

僕が一心に愛情を注いでいたあの人は、存在しなかったと気付く。

「いやだ……」

僕は呟いていた。到底認められることではなかった。

「君は、学内では有名な人物だぞ。電柱に恋した男としてな」

男の言葉を聞きながら、ただ電柱を見つめた。

「いやだ、僕は信じないぞ」

自分の言葉に反して——。

そのとき僕は、世界で最も大切な人が、自分の妄想であるという手がかりを、記憶の中からいくつも見つけてしまった。

読書の傾向が似ている？　気が合う？　当たり前だ。僕の理想通りの女性なのも当然。彼女が僕のような男に好意らしきものを抱いてくれていたのも、納得できる。

彼女は僕の妄想だった。

彼女と語らうとき、やけに注目されていたことも合点がいった。

電柱と話している男がいたら、誰だって何事かと思うだろう。

「そんな……」

もう一度、そんなと呟く。

彼女が死んだというのならまだいい。思い出は本物だ。しかし僕の場合は違った。

最初からそこにいなかった。全てまやかしじゃないか。僕の勝手な一人相撲《ずもう》だった。

「そんなばかな」

僕はもう一度口に出し、それから電柱に触った。冷たくて硬かった。雨合羽を電柱から取り外し、自分で着ようと考え、考えなおしてまた電柱にかけた。

拳を握り締める。どこかに向けて、自分の感情をぶつけたいのに、何を言っていいのかさえわからなかった。

「気の毒に」

男の声が聞こえた。しかし答える気にはなれなかった。

男はそれからしばらく黙って僕を見つめていたが、やがて去っていった。

僕はその場に残った。目を閉じて再び開ければまたそこに彼女が立っているような気がした。

ウソでも構わなかった。いっそ最後までウソだと見抜けなければよかったのだ。電柱に触れる。冷たかった。当たり前だ。電柱が温かくてたまるか。目の前にあるのは人間ではないどころか、生きてさえいなかった。それでも僕は……。

「僕は……あなたを愛していたんだ……」

それだけ呟いた。彼女は沈黙していた。つい先程まで僕に笑みを浮かべていたのに。

赤い傘を差したまま家に帰り、カップラーメンを食べた。

ひとりで泣いた。

ただただ、身体中を虚無感が吹き荒れるに任せた。

二度と朝が来なければいいと、全身全霊を込めて祈った。

眠ったまま彼女との幸せな夢を見て、そこに浸っていたいと心の底から祈っていた。

しかし無情にも――。

台風は去り、夜が明け、また朝が来た。

朝日のまぶしさに目を覚ますと僕は泣いていた。

一瞬、なぜ自分が公園のベンチで寝ているのかわからなかった。

そうか、今は、あの飲み会の翌日か。酔っ払って、そのまま寝てしまったんだな。

ああ、夢を見ていた、と呟く。

……長い夢だった。

身体の中が、からっぽになったような気がしていた。

隣にいたはずのジョナさんはもういない。

妄想だって、ずっと僕のそばに居続けるわけではない。あの電柱の彼女と同じだ。

ジョナさんとはもう二度と会えないのだろうと、なんとなくそう思っていた。

僕は一度だけ深いため息をついた。

しかしながら、帰宅して見れば、ボロアパートの、我が部屋の前に、ジョナさんが座って本を読んでいて、僕を見ると立ち上がった。

「次の秘策を考えた。今度は名案だぞ」

自らの妄想であるジョナさんの笑顔に、少しだけ救われた気がした。

第二章　ジョナさん・ローラン

朝起きると、窓の向こうに、霧の中に佇む巨大な時計塔ビッグベンが見えた。

仰向けになったまま見上げる天井は、いつものようなしみの浮いた天井ではなく、小さなシャンデリアの架かった、どこか古めかしい洋室だ。身を横たえていたはずの万年床は、いつの間にかゴシック調のベッドへと変化している。木製のテーブルの上には蠟燭《ろうそく》と食べかけのパン、そして革張りの本が置かれていた。

狭いながら二、三世紀前のイギリスの豪邸のような、どこか異国情緒のある部屋だ。

窓の外からは霧の街ロンドンが一望できる。重たい雲が広がる灰色の空に向かって、屋根から飛び出した煙突から、黒々とした煙が上がっている。煉瓦《れんが》造りの家並みが続き、遠くには大きな宮殿が見える。

石畳の大通りを馬車や歴史の教科書に載っていそうな車が走る。

歩道にはコートに身を包んだ女性、シルクハットを被ったスーツ姿の男性がステッキを振りながら闊歩している。

別にロンドン旅行に出かけたわけではない。

生まれてこの方、僕は日本を出たことはないし、今後も出る可能性はないし、ましてや今日本を出ているわけでもない。

つまりここはイギリスのロンドンではなく、日本の多摩である。

風景や道行く人々に、数世紀前のロンドンの妄想がオーバーラップされているのだ。若干演出過剰気味なところもあるようで、ビッグベンの上ではバカでかいドラゴンが紅茶を啜《すす》っている。

かなり頭が痛くなる事態だった。

昨夜、暇に任せてシャーロックホームズ全集を読み耽《ふけ》ったのが原因だろう。

小さく息をつきながら窓を開けると、近代ヨーロッパの風が吹き抜ける。

どこかでパンでも焼いているのか、少し甘い香りが風に乗って鼻をくすぐる。

身体がカロリーを欲しているらしく、腹が鳴った。

しかし食欲はない。

あの飲み会から数日。僕はずっと部屋から出ず、引きこもりを続けていた。

大学の講義にも出ていない。

「不健康なやろうだねえ」

机の上には小さなカエルが乗っていて、キセルを吸いながら僕に言う。

「このまま腐って死ぬのを待つかい」

「うるさいな！　つぶれてしまえ！」

急に腹が立って、側にあった本を投げつける。

カエルはあっさりと本を避け、にやにやとした笑みを残して消えた。

両生類などに指摘されるまでもなく、不健康だということはわかっている。

けれどどうにも外に出ることが出来なかった。

ここ数日、人と話していないことをなんとなく思い出す。

部屋に備蓄されたカップラーメン等は全て食べ尽くした。

昨日も一昨日も何も食べていない。

今日あたり買い出しに行かなければ、そろそろ本格的に生命の危機と戦わなければならなくなるだろう。

しかし……と窓の外を見てため息をつく。

霧の街というのは、なんとも気が滅入っていけない。グルグルと音を鳴らす腹を押さえ、小さくため息をつく。

もう一日くらい水だけで生活することもできなくはないはずだ。

人と交流する気が起きない。ずっとこの部屋の中で、惰眠を貪っていたいと思う。

その反面、頭の隅で冷静な何かがこれはやばい、と警鐘《けいしょう》を鳴らし続けていた。

このままでは帰れなくなる、とその冷静な何かは呟いていた。

とにかく、身体が重い。

名案があると言っていたジョナさんは、準備をするとどこかに消えて以来帰ってこない。彼女が僕の妄想であるとは知ってはいるが、どこかでもう一度くらい、彼女と会いたいと思っていた。

もう一度、窓の外を眺める。

僕の見る世界は現実から大きく乖離《かいり》していたが、そもそも僕は、あまり現実の社会と関わりを持っていなかったので特別問題を感じない。

そして問題を感じないということそのものが寂しかった。

部屋のドアを叩く音がする。

どうせ新聞の勧誘か何かだろう。

そう思ってしばらく反応しないでいたら「おい、いないのか？」と少し心配そうな声が聞こえてきた。

聞き知った声だった。

慌てて玄関に駆け寄りドアを開ける。

「……なんだ、その無精《ぶしょう》ヒゲは。ワイルドだと思っているならやめておけ。生来の貧相さが助長されてるぞ」

「やかましい」

そう言いながら、目の前の『人物』とは言いづらい何かを見つめる。

ピンクのウサギがいた。全身をすっぽり包む黒いマントのようなコートから頭を出し、腰から警棒を下げている。頭には丸くて黒いヘルメットを被っていた。

姿形は多少違うが、ジョナさんだった。

自分でも意外なほど驚き、驚きのあまり、思考が停止した。

それから少し笑ってしまう。

「人の顔を見て笑うな。お前の方がよほど面白い顔だぞ」

「いや……ジョナさんもホームズ仕様か」

「どういう意味だ。ホームズ？」

「今日は、妄想のせいで世界がロンドンに見えるんだ。近代ヨーロッパだな」

「近代ヨーロッパ……すると私はあれか、貴族のお姫様か」

二足歩行のウサギは照れたように頬を抑えて左右に揺れた。

「いや、警察だ。ウサギがスコットランドヤードの格好をして警棒を下げている。シユールだ」

ウサギはぴたりと身悶《みもだ》えるのをやめ、僕のスネを蹴飛《けと》ばした後、僕が怯《ひる》んでいる間に部屋の中へと入り込んだ。

「ちょ、ちょっとジョナさん！ 勝手に部屋に上がらないでくれ！」

彼女はロンドン仕様の我が家に入り込むと、少したじろぐような気配を見せる。

「な、なんという汚い部屋だ……」

その一言で、部屋をコーティングしていた妄想が、風に吹かれる砂粒のように綺麗さっぱりはがれて消えた。

雑然とした六畳間。畳に敷きっぱなしの布団。卓の上には三日前の夜に食べた、カップラーメンの容器と割り箸《ばし》がそのまま残っていたし、何より、布団のそばには成人男性向けの雑誌が放り出されている。

懐かしき、唾棄《だき》すべき僕の部屋だ。

窓の外は、変わらずに二十世紀初頭のロンドンの風景を保っていたので、恐ろしいほどのちぐはぐさを誇っている。

「……自堕落な」

ジョナさんがうんざりしたような声で言う。

まあ、相手が自分の妄想なのだから、理屈の上では特に恥ずかしくはないはずなのだが、やはり気まずくはある。

僕は小さく咳払《せきばら》いをした。

「今日は一体何の用だ。例の妄想を取り払うとかいう話か？」

「色々と用事はあったが――」

ピンクのウサギはびしりと我が部屋を指差した。

「まずは掃除だ!! 掃除用具を買いに行くぞ！」

ジョナさんはその場でピンクのウサギを脱ぎ捨て、女性の人間型となって僕を外に引きずりだした。

「あの、ジョナさん。僕は今、傷心による引きこもりの最中なんだけど……」

「なんで私がお前の事情に付き合わなくてはいけないんだ。私はお前のそういうところを改善して、お前を孤独の道から救う役割を負っている。お前の言う通りにしていたら、お前自身が変われないじゃないか。あと、お前は何か食べろ！　なんだその不健康な顔は。孤独から脱する前にこの世から脱してしまいそうだ」

ジョナさんはそう言って僕の手を取って部屋を出た。僕は必死で抵抗したけれど、全く効果はない。

数日の引きこもり生活で体力が落ちているせいなのか、それともジョナさんが馬鹿《ばか》力《ぢから》という設定になっているのかわからないが、彼女に力づくで外に引きずり出された。

外に出てしばらくすると霧が急速に晴れ始め、見上げれば青空に輝く太陽が見て取れる。僕は久しぶりに直射日光の下に身をさらした。

「眩《まぶ》しい。灰になりそうだ」

「お前はあれか？　流れる水を渡れなかったり、十字架《じゆうじか》が苦手だったりする類の生き物か？」

彼女は僕の手を離し、さあ行くぞと言って隣を歩き出す。

そう言えば、今日のジョナさんは少しよそ行きの格好をしているように思える。白いワンピースに肩掛けの鞄《かばん》。多少化粧をしているだろうか。

しかし、と彼女がこちらを向き、僕は慌てて目を逸らす。

「しかし、自堕落にもほどがあるな。やはり私が部屋を訪れてよかった。だ、大体、なんだ、あの何冊も積まれた恥ずかしい雑誌は。品性を疑う。あれか、胸の大きな女が好きか。あんな脂肪の塊の何がいいんだ」

ジョナさんは赤い顔でそんなことを言う。彼女の言動は僕の羞恥心を表現しているのだろうか。

しかし男というのはそういうものだ、と自分の妄想に言い訳をした。

馬車や恐ろしく旧式の車が猛烈な勢いで駆け抜ける、シュールな光景の街道を避け、裏道から大型スーパーに向かう。石畳の道を歩いていると、馬に乗った紳士がゆるゆると車道を抜けていく。あれはおそらくスクーターに乗った大学生だろう。

町の様子もほとんどが煉瓦造りだったり、土壁だったりする、屋根は尖《とが》っており、マンションなども雰囲気のある煉瓦造りのアパートに。多摩市全体の町並みが文化遺産にでも指定されそうな勢いである。

十七・八世紀のヨーロッパではトイレに溜まった汚物を窓から通りに投げ捨てていたそうである。妄想の産物とはいえ、頭の上に汚物が降ってきては気分が悪い。頭上を気にしながら歩く僕を、ジョナさんは気の毒そうに眺めていた。

裏路地に入ってもやはり西洋風の家並みが続く。すれ違う人々の大部分は、使い古したズボンやシンプルなシャツとスカートなどの比較的普通の格好をしていた。しかし中には、日傘を差し、コルセットをきつめに巻いたようなドレス姿の女性や、燕尾《えんび》服《ふく》に身を包んだペンギンのような男性もいる。

イギリス映画の中にでも入り込んだような気分だ。

宮殿のようになったラブホテルの脇道《わきみち》を通り、一人暮しの学生がよく利用する大型スーパーに向かう。

ラブホテルの脇には銀杏《いちょう》の並木道があり、黄色く色付いた葉が、かすかな風に吹かれながら、地面に網目模様の影を作っていた。

なぜか正面の小山に神社と寺があって春には桜が美しく咲く。ちなみにこのラブホテルは写真で部屋を選ぶ型式を世界で最初に採用した歴史的な建造物でもあった。

一度は誰かと入ってみたいとは思っているが、残念ながらその栄誉に預かったことはない。なにとはなしにジョナさんに目を向け、怪訝《けげん》そうに見返されて、僕はまた目を逸らした。

とにかく、ここは元々の景色を保っているようで、僕は肩の力を抜いた。見慣れた風景というのは安心感を抱かせる。

「自然物はそのままだな……」

そう呟くと、ジョナさんが僕を見て小首を傾げた。

「そのまま？　他のものは違うように見えているのか？」

「君は僕の妄想だろう。そんなこともわからないのか？」

「私はお前の被造物だが、お前が作る他の被造物に関しては感知できないのだ」

彼女は胸を張ってそんなことを言った。歩く彼女の上にも、銀杏の葉は同じように影を作り、彼女が歩くたびに影の模様は姿を変える。

「私は自分という存在がわかっていないのかもしれない。教えてほしい。お前の妄想はどういった性質のものなんだ？」

「大別すると妄想には二種類ある」

と自らの妄想に、自らの妄想を説明するというのも不思議な気分だと思いながら僕は語る。

「例えば今は、車という車が二十世紀初頭くらいの車に見えるし、馬車も走っているように見える。行き交う人々はみんなシャーロックホームズの住人に成り切ってコスプレしているように見える。映画のロケの真ん中に突然放り出されたような気分だ」

「……お前、気でも触れたか？」

ジョナさんが目を丸くして尋ね、僕は深く息を吐く。

「僕の妄想である君にだけは、心配してほしくない」

一理あると納得するジョナさんに少し笑いながらも僕は続ける。

「まあとにかく、現実を違う形に見せる妄想の一種で、もう一種類が、今のジョナさんのように、何もないところから出てきた妄想だ。ここのところは段々ひどくなってきて、二種の妄想が複合して、町ごと変化させてしまうこともある」

「……大変だな」

彼女は目を丸くして言って、だから君に言われたくない、と僕はもう一度言った。

そんなことをしている間に、スーパーに辿《たど》り着く。
スーパーもかなり様変わりしていた。石造りの、歴史を感じさせる造りになってお
り、真っ黒な影を道に落としている。
僕は仮装行列のような人々を避けながら歩き続ける。
「今日は随分と人通りが多いな。このうちのどれくらいが僕の妄想なんだろうか」
「妄想ではないぞ」
「じゃあなんだ」
「理由がわからないのか？　お前はバカだな」
人差し指を立てて、彼女は得意げに胸を反らして、いかにも教えてやる、という感
じで言葉を続ける。
「今日から文化祭だ。お前の学校では青学祭というのだろう？　色々なところから
色々な人が来る。大学の往き道にあるこのスーパーも必然賑わうというわけだ」
ジョナさんは人にものを教えるとき、やけに嬉しそうな顔をする。これも僕の心性
の反映なんだろうか。と思いつつも、小さく頷く。
「そうか、そう言えば青学祭は今日だったか。しかし、よくそんなことを知っている
な。僕の妄想のくせに」

「大学に行けば、ポスターや看板がたくさん出ている。お前自身が意識しなくても、視界に入ったものは存外、脳が記憶しておくものだ」

「そういうものか……案外記憶力いいんだな、僕の脳は」

そんなことを言い合いながら、スーパーにやってきた。外観に反して、中は普通だ。通常の現代のスーパーを十九世紀のロンドン市民が闊歩しているのだから、なんだか不思議な光景だ。

彼女はモップや雑巾《ぞうきん》、洗剤やバケツなどを迷いなく買い込んでいく。

「そう言えば妄想まみれのわりに、買い物などは普通に出来るのだな」

と彼女は思いついたようにこちらを見上げて言う。

「全部が全部、妄想っていうわけじゃないからな。生活に直接関係する部分は妄想の影響が出づらい」

「なるほど、生活に必要だったり、お前が受け入れられる現実については妄想の手も及ばないのだな」

彼女は顎《あご》を押さえ、何か考え事をするように頷いてみせる。

「やはり、まずお前を社交的な場に引っ張り出す必要がある。受け入れられる現実が広がれば、その分妄想の範囲は狭まるはずだ。うん。私の考えは間違ってなかった」

「……何を言ってるんだ?」

「いい案があるんだ。後で教えてやる」

彼女は笑って、買い物を続けた。カゴには掃除用具に混ざって、チョコレートやクッキーの類も山のように放り込まれた。これはなんだとジョナさんに尋ねると、掃除はお腹が空くから、エネルギー補給だ、と言った。

どうやらジョナさんは甘党らしい。

本当に、今回の僕の妄想は設定が細かい。

レジに立っている貴族風の人に金を払い、スーパーを出て家に戻る。

ジョナさんは割烹着《かっぽうぎ》と三角巾を身につけて掃除を始める。ぼんやりと彼女を眺めていた僕に向かって、お前も手伝えという。

なんというか、なんとなく、まるで本物の女の子が目の前にいるような気がして、少し照れる。

妄想相手に何を考えているのかと首を振り、僕も掃除を手伝った。

窓を開け放ち、さっぱりとした風が、部屋の淀《よど》んだ空気を運び去る。日差しは明るく、部屋の隅に置いたバケツの水が、光を反射していた。

雑然とした部屋が次々と片付いていく。理屈で考えれば、自分で片付けて、それを妄想がやったと思い込んでいる、ということになるけれど、二人でやっていると考えた方がやる気は出た。

「ほら、お前、エアコンの上を拭《ふ》け」

「ああ、ジョナさんは背が低いからな」

「失礼な。私は女性の平均身長から十センチほど身長が控えめなだけだ」

それを背が低いというのではないのか。

などと頭の中で考えつつ、椅子《いす》に乗ってエアコンの上を拭く。

「そ、それと、あの雑誌の山はなんとかしろ。恥ずかしい」

真っ赤な顔で指差す先には青年向け男性誌が置かれている。自分の妄想に指摘されているとはいえ、居心地が悪いのは確かだ。

仕方なくビニール紐《ひも》で縛り、紙の回収日に出すことにした。もちろん、気に入っているものについては、ジョナさんに隠れてこっそりと押し入れの奥に戻しておいた。

万事そんな感じで、僕とジョナさんは協力――と言っていいのかどうか、いまいちわからないけれども――しながら部屋を綺麗にしていった。

二時間後、全面的な掃除を約一年半怠ってきた僕の部屋は、引っ越し当時の清潔さを取り戻していた。

「同じ部屋とは思えない……」

「部屋は人の心を表すという。汚い部屋の持ち主には汚い精神が育つ。これでお前も、少しは前向きになるだろう。友人のひとりや二人、できるかもしれないな」

「……そんなに簡単なら苦労はないだろ」

僕は立ち上がり、綺麗になった卓の上に、お菓子と茶を用意する。

「まあ、礼だよ。気分はよくなった」

「……食べるのはお前なんだけどな」

そう言いつつ、ジョナさんはぽりぽりと皿に入ったチョコレートの包みを開けては中身を食べていった。どうやらお気に召したらしく、僕の顔を見て、おいしいと言って笑う。

ジョナさんがあまりにもおいしそうに食べるせいだろうか。

僕も久しぶりに食べ物を口にし、そのあまりのおいしさに両の頬がすぼまった。

気がつけば、窓の外の景色からはファンタジー要素が払拭《ふっしょく》されていて、普通の世界に戻っている。

窓から見える電線、遠くの家並み、車道には車が走り、近くの家ではベランダで布団を干していた。

なんでもない日常の風景は、とても美しく思える。

「ところで、今日はどんな用事で僕の前に現れたんだ」

「掃除だ」

「違う、そうじゃないだろう。そもそもなんの用でここに来たんだ」

「私がここに来る理由なんてひとつしかないだろう」

「……暇だから？」

「アホウ！　お前を更生させるためだ！　何度言ったらわかるんだ！」

ジョナさんがお茶を勢いよく卓に置き、お茶が零《こぼ》れた。彼女は慌てて布巾を持ってきて卓と床を拭いた。

「染みになってしまう……悪かった。せっかく掃除したのに」

ジョナさんは肩を下げながら言う。思ったより落ち込んでいるようで、なんだかこちらが罪悪感を抱いてしまう。

「あー……それで今日は一体どうやって僕を更生させようと言うんだ」

ジョナさんは目を丸くして、そうだった、と呟いた。忘れていたらしい。

彼女はひとつ咳をして、それから手を組み、半眼で僕を見る。落ち着き払った雰囲気を出したいらしいが、あまり効果は出ていない気がする。

「イブサン・ローランという人物は知っているか？」

「……いや、知らないけど」

「モードの帝王と言われるファッション業界のトップデザイナーだ。フランスを救った偉人とも言われている」

モードだのファッションだの、あまりにも自分と縁遠い言葉が突然出てきて、僕は少々面食らった。

「ようするに、すごい金持ちだ」

「ものすごい要約の仕方だな」

話の流れが全く見えてこない。

「ちなみに葬式にはフランス大統領まで出席するほど、社会的に認められている。ここから導かれる答えはなんだと思う」

首をひねってしばらく考えて見たが、全く結論は出てこない。ジョナさんは大きく息をついた。

「頭の悪いお前に説明するとだな、金持ちになれば、自動的に社会に認められるということだ。金で友情を買うんだ！　お前に友人ができる道は最早これしかない。そして、お前に金が入ってくれれば、妄想の私ももう少し贅沢《ぜいたく》ができるだろう。イブサン・

ローランならぬ、ジョナさん・ローランというわけだ！」

　なぜか、どうだ言ってやったぞ、という感じで僕を見る。

「……ああ、それが言いたかったんだな」

　彼女のユーモアのセンスには今後期待しないでおこう、と僕は心に誓った。

「過去の偉人に学び、成功した手法を真似る。極めて理解しやすい話だ」

　僕の反応が薄かったことに不満を持ったのか、口を尖らせてジョナさんが言う。

「いやいや、そのイブサン・ローランさんは金持ちだから社会に認められたんじゃなくて、トップデザイナーとして優れてたから認められたんじゃないのか」

「じゃあトップデザイナーになればいいじゃないか」

　気分を害したらしいジョナさんは、口を尖らせたまま無茶を言う。

「そんなことができたら、最初から苦労はしてないよ」

「とにかく、金持ちになれば人は自然と集まって来る。友達だって作りたい放題、さらば孤独。無限の彼方へだ」

「そんな金でできた友情は願い下げなんだけども……」

「アホウ！　そんな贅沢を言える立場か！」

　ジョナさんはもう一度、湯呑みを卓に勢いよく置いたが、今度は茶が入っていなかったので惨事にはいたらなかった。少しほっとした顔でジョナさんは続ける。

「友情とは、すなわち相手からどれだけ利益を受けることができるか、という利用価値に置き換えられる」

「……極端すぎやしないか？」

「そんなことはない。一緒にいて楽しい。明るくなれる。誇らしい気持ちになれる。おごってくれる。知識がもらえる。寂しさが紛れる。メリットがあるから友達になるのだ。デメリットばかりの人間と友情など生まれるものか。ならば、金から始まる友情があってもいいだろう？」

ずいぶんとドライな友情観もあったものだ。

きっとジョナさんが現実にいたとしても、友達など微塵《みじん》もいない孤独な生活を送っただろう。自分のことを棚《たな》に上げて同情を禁じ得ない。

「そこで、私はこれを持ってきた」

ジョナさんはひとりで盛り上がったまま、鼻息も荒く、肩掛けカバンをごそごそと探る。

ジョナさんがカバンから取り出したのは一枚のチラシだった。そこには僕の通う大学の名前と、推理小説研究会というサークルの名前がある。

『十一号館の殺人』と物騒な題字が書かれており、さらに『賞金三百万円！』と記された部分には、ジョナさんが描いたと思われる大きな赤丸で囲まれている。

いや、彼女が描いたはずはない。僕がどこからかチラシを拾ってきて、そこに赤丸を描いたのだろう。

あるいはそもそもこのチラシ全てが僕の妄想という可能性もある。

一体どこからが現実でどこからが妄想なのか。

「……複雑だ」

「複雑なことはない！　極めて単純だ。世の中は金だ。この三百万円があれば、蛍光灯に群がる蛾《が》のごとく、友人が寄ってくるだろう」

「繰り返すようだけど、そんな友情は嫌なんだってば」

「重要なのはきっかけだ」

息巻くジョナさんに向かって、僕はチラシの隅にかかれた小さな文字を指差した。

「大体、この参加費一組二万円とやらはどうするつもりなんだ」

「お前が参加するんだから、お前が出すに決まっている」

「賞金は？」

「二人で参加するのだから山分けすべきだろう！」

彼女は力強く拳を上に突き上げた。

「……妄想と山分け？」

「私の金額分は、私が指示して、お前に買い物してもらう。納得したか？」

全く納得がいかなかったがジョナさんの勢いに押され僕は仕方なく納得した。

「でもここに、参加者二名一組と書いてあるけど」

「私がいるじゃないか」

「妄想は人数に入らないだろう」

彼女は少し驚いた表情で僕を見つめ、やがて「そうだった、どうしよう」と頭を抱えた。小さく息をつき、この話はこれでお終いとテレビのリモコンに手を伸ばそうとしたとき。

ドアをノックする硬い音が聞こえた。

新聞の勧誘か何かだろう。どう断ろうかと思いつつ立ち上がり、ドアを開ける。

「やあ、ひさしぶりだな。ところで君、これを知っているかね」

ギターを抱えた麦わら帽子の男、砂吹がいた。その手には、ジョナさんと同じチラシが握られていた。

「金のあるところには友情も集まる。君、ひとつ金の力を使って孤独な生活から抜け出すというのはどうだ。賞金は特別に山分けで許してあげよう。私は心が広いからな。私は協力者だから、無論、君が参加費を負担することになるわけだが」

思わず眉をひそめ額を抑えた。

「僕の周りには、同じような思考回路の人間ばっかりか」

背後から失礼な！　とジョナさんの声が聞こえたが、それは無視した。

砂吹は、おや、これはずいぶん綺麗にしたものだ、と僕の肩越しに部屋を見回して言った。

「どういう風の吹き回しだい。急に真人間になろうと努力し始めたのかね？」

「いや、これはそこのジョナさんに言われてやったことなんだ」

「……ジョナサン？　どこの誰だね、そのファミレスみたいな名前の人物は」

そう言いながら、砂吹はズカズカと部屋に入り、ジョナさんの横に座った。当然のことだが、ジョナさんの存在に気付いている様子はなかった。

「まあとにかく、君と私でこの三百万を手に入れるというのはどうかと考えてね。君、名案だと思わないかね？」

「反対だな。そうそう簡単にそんな大金が手に入るわけないだろ。どうせ無理難題を課せられて、参加費をふんだくられて終わるんだ。目に見えてるじゃないか」

それを聞いた砂吹とジョナさんは、冒険心がないだの、そんなことだから友人のひとりもできやしないんだのと、異口同音の言葉を機関銃のように並べ立てた。

しかし二人の欲丸出しの表情からは、遊ぶ金欲しさ、という浅ましい思いが手に取るように感じ取れる。

砂吹はともかく、ジョナさんの浅ましさはすなわち僕の浅ましさでもある。

自分の器の小ささに大きなため息をつきながら、それでは何か必勝法でもあるのか、と尋ねると、砂吹が神妙な顔をして懐から大学ノートを取り出した。

「確かにこの催しは相当理不尽であると聞いている。しかし、ここに過去八十回分の問題と傾向がある。これでひとつ、一角千金を狙《ねら》おうじゃないか！」

「ち……ちょっと待ってくれ。八十回と言ったのか？　……それじゃあこのイベント、八十年も続いてるのか！」

「うむ、大学の創立と共に始まった、我が大学の伝統と言ってもいい。賞金に目が眩《くら》んだアホどもは昔から多いということだな。実に嘆かわしい」

「いつの世も金か。人間というのは卑しく、悲しい生き物だな」

「いや、お前達が言うなよ」

思わずツッコんでいた。砂吹が表情の読めない顔を上げる。

それで、ようやく、ジョナさんが僕の妄想であることを思い出す。なぜか少し寂しく感じた。

「お前達？」

「いや、僕の妄想だよ」

「ほほお、今度はどんな妄想なんだ。君の見る妄想は珍妙なものが多いからな」

「……まあ、喋る巨大二足歩行ウサギと人間のハーフだな」

「それはまた、とびきり奇怪だな」

顎を撫《な》でながら言う砂吹に、僕は思わず、大きく頷いた。

ジョナさんはふてくされたような顔をして、かわいらしい女の子と説明するのが一番正しいと抗議する。

もちろん、僕は無視した。

「まあ、妄想のことはどうでもいい」

砂吹が立ち上がって言う。失礼な！　というジョナさんの声はもちろん聞こえない。

「さあ、もうイベントは始まっている頃合だ。ここはひとつ、学生達の無目的かつ無駄なエネルギーに溢《あふ》れる祭を冷やかしてみるのも一興だろう」

やたらと偉そうではあったが、砂吹の意見に異存はない。

三百万などという大金があれば、毎日の食事において、ラーメンをチャーシューメンにランクアップさせることもたやすいだろう。この安アパートからおさらばすることさえ、視野に入れてもいい。

そして金目的の、とはいえ、友人が作れるのであれば挑戦するのも悪くない。僕には見える。群がる友人達に笑いながら千円札をばらまく自分の姿が！

「よし、行くか!!」

ジョナさんが力強く頷き、砂吹がへらへらとした笑みを浮かべた。

僕も愛用している薄汚い肩掛けカバンを持って立ち上がった。

僕達は大学に向けて出発した。

東京都郊外、多摩にある大学キャンパスへの道は、普段はそれほど混み合わないのだが、青学祭当日である本日は実に賑やかだ。直近のモノレール駅から大学へ至る街道に、人の行き交いが途絶えることはなかった。人々の大半はこのエリアに住んでいる学生だろう。

人の動きに従って歩き出すと、あちこちから楽しそうな会話が聞こえてくる。

どこか落ち着かない、少し興奮したような空気が全体に漂っている。

個人的には、人混みというものはあまり好きじゃない。ストレスが溜まる、などと思っていると、また徐々に、一般人に交ざって英国の貴婦人や紳士が行き交い始めた。ついさっきまで引きこもっていた身としては、気後《きおく》れするような光景だった。

「大丈夫か？」と心配そうに尋ねるジョナさんに大きく頷き、僕は人混みの中へと自分から足を踏み出した。

少し気後れするが、大金のためだ、逃げ帰るわけにはいかない。

切れ目なく続く人の流れに乗って、僕達三人は大きな車道を渡り、細い路地へ入る。

少し歩けば、キャンパスの入口が見えてきた。

大学の敷地内には一号館から十五号館までの学舎が存在し、それぞれは古かったり新しかったりする。全国各所から市役所の建物が無作為に集められたかのような脈絡のなさだ。キャンパス入り口から坂道を上がり、正面にある本館と呼ばれる建物には『青学祭』と書かれた大きな垂れ幕が架かっている。

あちらこちらから声が聞こえてくる。熱心にチョコバナナを売り歩く学生や、パンフレットを見ながらわいわい話している女子学生、はたまたそんな女子学生に執拗《しつよう》に声をかけるナンパ目的の男子学生。

笑ってる者、忙しそうに駆けずり回っている者、実に様々だ。

人が多すぎて、どうにも気分が悪い。

やはりここにも、僕の妄想するロンドンが影響を与えており、全体的に仮装行列のようになり始めていた。

どうやら今日の僕の妄想はシャーロック・ホームズを貫くらしい。現実と妄想の区別がつきやすいので、逆に助かる。

「しかしずいぶんと盛況じゃないか。毎年毎年、よくも飽きずにやるものだ」

人混みにもまれてずれた麦わら帽を直しながら砂吹が言う。

「全くどいつもこいつも浮かれているな。あ、おい、あそこの焼きそばはとてもいい香りだぞ」

ジョナさんは僕の裾《すそ》を引っ張ってそんなことを言う。

「ジョナさん、君が一番浮かれてないか？」

そんなことはない、と返す彼女の目はきらきらと輝いていた。

彼女はやたらと嬉しそうに笑って僕を見上げる。自分の妄想とは言え、人の視線に慣れていない僕は、思わず目を逸らしてしまう。

なんだかカップルみたいだと一瞬考え、そんなことを考える自分が少し恥ずかしくなった。

冷静になってみればなんのことはない。

ひとりは人におごられることしか頭にない、ギターを担いだエセ哲学者であり、もうひとりに至っては、僕の妄想の産物である。

それにこの人混み……。引きこもりであり、人間不信の底無し沼の中に腰まで漬かった僕には目眩がおきそうなシチュエーションだ。

「どうした、不景気な顔をして。これから三百万を手に入れる男の顔じゃないぞ」

上機嫌なジョナさんに背中を叩かれ、僕はヘソの辺りに力を込めた。

そうだ、僕はこれから三百万を手に入れるのだ。人混み程度に怖じ気づいている場合ではない。

「ジョナさん、僕は誓うぞ。ここで大金を手に入れ、躊躇《ちゅうちょ》なくチャーシューメンを頼めるセレブへと華麗に進化し、友人を作ってみせると！」

「よし、いいぞ、その意気だ！」

ジョナさんは拳を握り締めて頷いた。

「気合が入るのは結構だが、独り言は控えた方がいいな。無駄に目立つのは好きではないんだ」

と水を差すのは、いつものように表情の読めない顔の砂吹だ。

ギターを担いだ麦わら帽の男に言われても説得力がない、と思いつつも、僕はジョナさんを見つめ、小さく息をついた。

あまり深く考えると孤独に耐えられなくなりそうなので、僕は考えるのを止め、屋台で買った、自分の分の焼きそばを啜った。

「お……これはうまいな」

ここ数日ロクなものを食べてないことも手伝ったのか、屋台の焼きそばは、凄まじく美味だった。

「そうだろう。私の目に間違いはないんだ」

ジョナさんはにんまり笑って、そんなことを言った。

中庭ではプロレス同好会による白熱の試合が行われていた。

「このプロレス同好会のイベントは毎回、かなりの反響を呼んでいる。前年度に話くらい聞かなかったかね」

「……前の年は、文化祭には出てない……」

気まずい思いをしながら答えた。砂吹はいつものポーカーフェイスのまま、ほほう、なるほど、と言って解説を続けた。

「目玉は青学祭開催期間の最後に一般客が飛び入りで参加する試合だ。これが毎度凄まじい迫力でな、この青学祭の隠れた目玉となっている。金を払ってでもみたいという人々が後を絶たず、実際観覧料は相当の金額になる。プロレス同好会の年間予算の半分はここで得られているともっぱらの噂《うわさ》だ」

砂吹は小さく息を吐いて続ける。

「どうして一般客があんないかつい男達と戦おうとするのか。不思議なことだな」

砂吹がどうでもいい感想を披露する中、青いパンツをはいたレスラーがドロップキックを放った。

観客が一斉に沸く。

確かに何か血が騒ぐような気もするけれど、今は三百万のためにまい進するとき。

僕達は立ち止まることもなく先を急いだ。

僕達は一路、パンフレットを頼りに推理小説研究会へと足を運ぶ。

十一号館の二階角1124教室、つまり十一号館二階四番教室でイベントが開催されているということだ。

校内も外と同様、やはり行き交う人々で溢れていた。

壁という壁にベタベタとチラシが貼られ、同じパンフレットを持った人々の姿がどこに行っても見られる。

二階に上がって中庭を見下ろせば、プロレス同好会のリングを囲んで黒い頭が群れている。

たかが大学の文化祭というだけで、これだけの人の数。

何も暇なのは僕達だけではないのだな、などと妙に心強い気持ちにさせられる。

窓の外で歓声が上がる。実況によればどうやら必殺のダブルラリアートが炸裂《さくれつ》したようだ。

思わず窓の外に目を向けようとして、慌てて首を横に振る。

大金を手に入れ、金の力によって青春を謳歌するための正念場だ。

気を散らしてる場合じゃない。


「ふむ……ここだ」

薄暗い廊下の真ん中で、僕達は立ち止まった。

パンフレットに書かれた通り、教室の入口には『推理小説研究会・十一号館の殺人』という物騒なタイトルの看板が立て掛けられている。

入口には大きなマスクをつけた男が立っていた。先程のプロレス同好会から出張してきたのではないかと思うくらいの体格だ。人間よりもゴリラの系統に近い気がする。

腕章には推理小説研究会と書かれている。間違いなく関係者なのだろう。

「……ここが受付ですか」

男は小さく頷いた。どうやら喋ってはいけないらしく、彼は終始無言だ。

「プロレス同好会の人間だな」

砂吹が例のノートをパラパラとめくりながら言う。

「なぜかこのイベントには毎回、プロレス同好会が参加するようだ」

教室の戸を開けようとすると、男に止められた。

どうやらここから先は、例の参加費が必要なようだ。金を出そうとして、急に不安になってきた。

二万円と言えば、安アパートに住む貧乏学生にとっては実に一ヵ月分の生活費に匹敵しかねない金額であった。

インスタントラーメンなら、二百食以上、すなわち二月以上の食事に化けるほどの額だ。戯れにドブに捨てられるような金じゃない。

「……ほ、本当にこれで、賞金を手に入れることができるんだろうな！　信じるぞ⁉　二万円回収できなかったら、僕は今月、一日一食で生きてかなくちゃいけないんだからな⁉」

やけくそのように言うと、ジョナさんは力強く頷き、砂吹がいつものように表情の読めない顔のまま、僕の肩を叩いた。

「考えてみたまえ、三百万だ。それだけの金があれば、友情だけではない、愛だって買えるかもしれないぞ。それもとびきり悦楽に満ちた愛を」

黙考すること数秒。

「よしやろう！」

ジョナさんの冷ややかな視線を感じつつも、僕は推理小説研究会の男に二万円を叩き付ける。男は札を一瞥《いちべつ》すると、僕と砂吹に書類を差し出した。当然だが、ジョナさんの分はない。

書類には、この『十一号館の殺人』においてこうむったいかなる被害も自己の責任とすること、推理小説研究会のルールはいかなるときも絶対であること、などの旨が記されていた。自分用とイベント主催者用の二通を書かされ、一通はプロレス同好会の会員が物々しい形相で受け取った。

いよいよもって物騒な印象だ。

闇金《やみきん》の保証人欄にサインでもしてしまったような気持ちになる。参加費など出さなければよかったなどと未練がましく思いながら、書類を眺める。

それにしても、連絡先にある、推理小説研究会の携帯の電話番号は打ち間違いだろうか。

頭三桁《けた》が『090』でも『080』でも『070』でもない。

その他の部分でやたらと体裁が整っているだけに、うさんくささが全体から匂《にお》い立っている。

「何をためらうことがある。大金のためだ。やるしかないだろう」

砂吹の声に促され、僕は教室の引き戸に手をかける。

三百万円への試練。一体どんなライバル達が待ち受け、どのような難問が用意されているのか。

緊張しつつ、引き戸を全開にした。

「三百万が欲しいかー！」

開けるや否や、マイクで拡大された声が聞こえ、それに答える人々の怒号が聞こえて来た。

かなりの広さを持つ教室は、人で溢れかえっている。まるで学期が始まって最初の授業のようだ。

一歩踏み込めば、血走った目をした人々の熱気と湿気で異様な雰囲気となっている。教室の外と中では五度以上の温度差があるように思われた。

人々は自作らしいノートを引っ繰り返してみたり、仲間うちであれこれと相談してみたりと様々な行動を取っている。共通項はただ一つ。

誰一人、イベントを楽しもうなどと思っていないこと。真剣そのものである。

「さすが三百万……こうまで人を惹《ひ》きつけるか……」

「ふん、金の亡者どもが」

その亡者のひとりであるはずのジョナさんが、自分のことを棚に上げてそんなことを言った。

机は片付けられ、人々が棒立ちになって前方を見つめていた。彼らの視線の先には机を並べて作ったと思われる簡易舞台が設置されている。

机の上に立っているのは、シルクハットに燕尾服、赤い蝶《ちょう》ネクタイ、片眼鏡というアルセーヌ・ルパンのような男だ。

男の僕から見てもかなりいい男だが、全体的に漂う雰囲気は道化そのものだ。

服装が突飛だったため、一瞬自分の妄想かと勘違いした。

しかし砂吹が、ずいぶん奇妙な男もいたものだと呟いているので、おそらく彼は現実にいる人間なのだろう。

ギターを担いだ麦わら帽子の男に奇妙と言われたのでは、あの男も立つ瀬がないな、と思っていたのも束の間。

「伝統ある推理小説研究会の現会長であり、エドガー・アラン・ポーの曾孫《ひまご》であるこの坂居《さかい》浩一郎《こういちろう》が、ルールを説明しよう！」

あからさま過ぎるウソを添えて会長はステッキを一度振り回した。

「諸君にはこれより、あるゲームに参加してもらう。推理研究会が用意したクイズとアトラクションをクリアし、最後に推理研究会の指定する人物を指定する場所に連行していけばオーケー！　制限時間は青学祭終了アナウンスが放送される午後五時！これまでに所定の条件をクリアすれば見事三百万が手に入るというわけだ！」

マイクに負けない歓声が沸いた。

ざっと数えて、欲に眩んだ連中が二百人はいると思われた。この数の中から勝ち抜かなくてはいけないのか。絶望の二文字が頭に浮かんだが、すでに参加費は払っている。

今さら退くことなどできない。

とはいえ、つい先程まで人間関係を断っていた僕のような人間には、この人の数は少々荷が重い。僕の脳はストレスを訴え、たちまち現実を妄想で上塗りしていく。

砂のような妄想の欠片が嵐となって、現実の人、物、その他あらゆるものに張り付き僕の視界を変化させていく。

「な、なんだこりゃ……」

ここまで急激な変化は初めてで、思わず辺りを見回した。

男は次々と山高帽の紳士に、女性はコルセットでウエストを引き締めたドレス姿のご婦人方へと姿を変えた。

無機質な教室には天使達が踊る天井画にシャンデリアが添え付けられ、足下の殺風景な床はビロードの赤《あか》絨《じゅう》毯《たん》へと作り替えられた。

まるですぐにでも舞踏会が始まりそうな、ヴェルサイユ宮殿もかくやと思われる豪《ごう》奢《しゃ》な部屋である。

圧倒されて周囲を見回していると、少し心配そうにジョナさんが袖を引っ張った。

「どうした？　また妄想が侵食を始めたのか？」

「まあ心配はない、いつものことだ」

若干疑うようにこちらを見るジョナさんもすでにハンチング帽、ベージュのトレンチコート、手にはパイプというホームズ姿に早変わりしている。

どうやら僕の妄想は、本格的にホームズの世界に突入するらしい。

「しかし……この人数を相手にどうやって勝ち残れば……」

「まあ、こちらにも方策はある」

肩を叩く砂吹を見て、僕は絶句した。

砂吹は、小汚い書生風の格好に変貌《へんぼう》を遂げていた。

映画に出てくる金田《きんだ》一耕助《いちこうすけ》を著しく劣化させればこのような姿になるだろうと思われた。

頭を掻けば、本当にフケの雨が降りそうな汚らしさである。

ロンドンの、それもシャーロックホームズの世界観で金田一耕助はないだろうと、我がことながら思う。しかもこの金田一、背中にギターを背負っているものだから、もう何がなんだかわからない。

しかし、普段から周囲と同調することを放棄しているような砂吹なら、この妄想はむしろ妥当と言えるのかもしれない。

「どうした、何を驚いている」

「い、いや、なんでもない」

首を横に振る僕に、砂吹は、まあ安心したまえ、と呟いた。

懐から例の古びたノートを取り出して、彼は笑った。

「私とこのノートを信じるがいい」

金田一耕助の格好をして言われると、砂吹の言葉さえ信じたくなってしまうから不思議だ。しかしながら、そのノートが、砂吹を担ぎ上げようとした愉快犯のものではないという保証もない。

「そのノート、本当にアテになるんだろうな」

砂吹はにやりと謎《なぞ》めいた笑みを浮かべ、おもむろに朗読を始めた。

「一ページ目にはこうある。『このノートに記された内容について。ここに渦巻いているのは推理小説研究会の開催する文化祭行事に挑み、散っていった者達の怨嗟《えんさ》の声である。そしていつか現れる、彼らを打倒する勇者に継承すべき知識の集大成である。我ら貧乏学生に偽りの夢を見せ、参加費という名で大切な生活費を巻き上げる推理小説研究会をけして許してはならない。我らの軌跡《きせき》にあなたの屍《しかばね》を積み上げよ。いつしか、ヤツらの築いた難攻不落の城壁を乗り越えるために』」

彼はノートを閉じる。

「つまり、このノートは推理小説研究会に立ち向かい、散っていった敗者達が代々受け継いできた戦いの記録というわけだ」

「……なんでそんなものをお前が持ってるんだよ」

「これは金に汚く、なおかつ推理小説研究会と戦おうという気概のある、選ばれた者にのみ継承される一子《いっし》相伝《そうでん》の希少な品。先代が私に同じ敗残者の匂いを嗅《か》ぎとったらしく、これを託したと言うわけだ」

それは自慢できることなのか？

と思わないではないが、今はワラでも摑みたい気分だった。

せっかくの品なら有効利用させてもらっても問題ない。

散っていった者達のためにも、今こそ僕達が暴利を貪る推理小説研究会から大金をもぎ取るべきだ。

「注目！」

不意に推理小説研究会会長、坂居が高々とステッキを振り上げた。ざわめいていた会場は瞬く間に静かになる。

僕の妄想フィルターは部屋を真っ暗にして、彼にスポットライトの光を当てた。

「これより諸君の類い希なる推理力を存分に振るっていただく。舞台はこのキャンパス内。諸君にはある凶悪な殺人犯を捕まえていただくことになる」

しかし、と坂居が、上向きになったステッキを半回転させて地面を叩く。

「まずは簡単なクイズを行おう！　これより暗号の指し示す場所へと走るように！　なお、到着順で百位以下は脱落とさせていただく。これを皮切りに知力体力時の運が次々と試され、制限時間内に指定の場所に辿り着いた者だけが、三百万の栄誉を摑む権利を持つ！」

再び歓声があがるが、坂居のステッキの一振りによって、また静かになる。舞踏会でも開かれそうなホールに、遠くからプロレス同好会の実況がかすかに聞こえてくる。

「では記念すべき第八十回推理研究会開催イベント『十一号館の殺人』第一問、自ら推理し、暗号を解き暗号の指し示すところに行け。以上！」

ざわめく一同。肝心の暗号はどこにあるのかといった質問がいくつもなされ、会長はそれに高笑いで答えた。

「暗号はこの部屋に人数分用意してある！　好きなだけ探すがいい！」

人数分？　どこに？　ざわめく会場を後に、やはり会長は高笑いをしながら出て行った。

残された人々はパニックである。早い者順百名、ということはここですでに半分が脱落するのだ。慌てないわけがない。教室のどこかに暗号の隠し場所がないか、もしくは机の配置やスタッフの服装を気にしたり、その場にいた全員がにわか探偵となって推理を始める。

弱ったことに、僕には暗号の心得など全くない。というかそもそも暗号はどこにあるんだ。

「ど、どうする⁉　どうすれば⁉」

「うろたえてはいけない、そんな時にこそ、これはある」

懐からノートを引っ張り出して砂吹はページをめくって見せた。

「このページだ。第一の難関は身近なものがヒントになることが多い、とある」

「……それで？」

「それだけだ」

役に立たない、と頭を抱える暇さえない。わかったぞ！　と声を張り上げる者がいたのだ。

教室を出て行く集団に乗り遅れてはならぬと、わけもわからず先頭集団についていく者達も多数いた。少なくとも、教室の中にいた三分の一は出て行ったようだ。

早い者勝ちとなれば、そうなるのも無理はない。

僕も慌てて後についていこうとするのを、ジョナさんが袖を引っ張って止めた。

「焦るな。あれは罠だ」

出て行く集団を指差してジョナさんは言った。

「なんでわかる」

「これは先着百名までのクイズだぞ。定員は限られている。私だったら、答えがわかってもあんな声は張り上げない。こっそり出て行く。そうしなかったのは、あいつらがこのイベントに参加している人間じゃないからだ」

「……ということはあれは桜か！　あれについていったら、失格するわけだな」

「ほう、よく気付いたねえ」

僕の言葉に嘆息したのは砂吹だ。

「ノートにはこうある。第一問では参加者の探偵的な素質が問われる。自ら思考する気のないものはただ去るのみ」

危なくただ去るしか選択肢がなくなるところだった。

僕は小さく息をつき、教室を出て行く人々を見守った。この分なら先着百名には悠々と入れそうだ。

しかしながら……三百万は戦いを勝ち抜いた一名のみに渡される。ここでまごましている余裕はない。

「地道にこの教室を探すしかないのか」

そう呟いたとき、後頭部を軽く小突かれた。

振り向けばジョナさんが背伸びをして立っている。

「この場にいる全員分のヒントがある、という言葉が引っ掛かる」

「……どういうことだ」

ジョナさんはわざとらしく人差し指を立て、そんなこともわからないのかね、ワトソン君と言った。

「推理小説研究会はこのイベントが開催されるまで、正式な人数は把握していなかったはずだ。我々のようにギリギリで滑り込んできた者もいるようだしな。だとすれば、推理小説研究会に予め人数分のヒントをこの教室に隠しておくことはできないはず」

「確かに……」

「というか、なぜわざわざ全員分の暗号があるなどと言ったのか。その言葉自体がヒントだったのではないか？　そう考えれば自ずと答えは出てくる」

一拍おいて、ジョナさんは僕の肩掛け鞄を指差した。

「答えはこの鞄の中にあるって、ウチのカミさんが言ってた」

ホームズ以外の登場人物が交ざっていないかとツッコむ余裕もなく、言われた通り、慌てて鞄を開く。

そこには青学祭のパンフレットと推理小説研究会のチラシ、そして、契約書類が入っていた。

クリアファイルに入った契約書類。携帯電話の部分が確かに妙に不自然だ。

「まさかこれが暗号か！」

「しー、静かに」

思わず大きな声を出してしまい、砂吹にそれを止められた。横でジョナさんも口に人差し指を当てて、静かにしろと繰返しジェスチャーした。

「暗号の答えがわかったのかね」

「答えはわからないがヒントのありかはわかった。これだ」

書類の一点を指して僕は言う。

『携帯番号：６４４―５５１１―３０００』

「これが暗号だ」

「なるほど。『全員分のヒント』とはこれか。確かにこの契約書はここに入場した参加者全員が持っているものだ。中々冴《さ》えてるじゃないか」

「まあこのくらいはな」

私の手柄だ、私の、と飛び跳ねて主張するジョナさんを無視して僕は言った。我が妄想の手柄は我が手柄と同じことだ。

「で、あとはこの暗号だが……」

「ふむ……明らかにこれは携帯の番号ではないねえ」

「そんなのは簡単だ！」

ジョナさんが存在を主張し、僕と砂吹の間に割り込んだ。

「携帯電話の番号というのだから、携帯電話で番号通りに打ってみればいい。ただしメールの送信画面でな」

言われた通りに携帯電話を取り出し、ぱちぱちと数字を打ち込んでみる。すると。

「はちにいさん……８２３教室！」

思わず声を大きくしていた。しまった、と口を塞いだときにはもう遅い。血走った多くの目が僕達に注がれる。ざわざわと声が聞こえ、僕の言葉を検証するような会話があちこちから聞こえる。

「ぼやぼやしている場合ではない。行くぞ」

砂吹が僕の手を取って走り出し、僕は慌ててジョナさんの手を取った。それと共に、どうやら検証を終えたらしい他の人々も走り出す。

妄想によってヨーロッパ風紳士淑女に扮《ふん》した人々の流れの中に、もみくちゃにされつつ僕達も必死で走った。

「ジョナさん！　手を、手を離すな！」

小柄なジョナさんはともすれば人々の勢いに流されそうになるが、辛うじて僕の手にしがみついていた。相手が妄想なら離ればなれになったところでどうせまた僕の前に現れる。

わかっているはずなのに、ジョナさんと別れるのは嫌だった。

三百万に目が眩んだ浅ましい集団は、僕の妄想によってどこかの宮殿のようになった大理石作りの回廊をひた走り、頭にパーマを当てた貴族然とした人々を掻き分け、怒濤《どとう》のごとく進んでいく。

窓の外には霧が立ちこめ、その向こうでは巨大な時計塔が時間を刻む。無機質で飾りっ気のない、集合住宅のような我が大学のキャンパスは、最早完全にロンドンと化していた。

極端なインドア派である僕に、このキャンパス横断徒競走は荷が重すぎた。引きこもっている間に蓄えたはずのエネルギーはあっという間に底を尽き、最後には砂吹の背中に担がれていた。

砂吹はギターを胸に抱え、僕を背負いながらも走りに走った。それもいつものにやけ顔を全く絶やさずにだ。大活躍には違いないが、人間離れしすぎてて不気味だ。ジョナさんは砂吹が掻き分ける人混みの中をぴったりと付いてきて、意外なほどの運動能力を周囲に見せ付けた。僕の妄想のくせに運動が得意とはどういうことだ、少しずるいじゃないか。などと我が身の情けなさを噛《か》み締める。

砂吹は僕を背負ったまま、十一号館を後にして、どこの古城だと言いたくなるような、妄想によってコーティングされた学舎のひしめき合う路地を走り抜けた。

中庭で行われていたプロレスはすでに古代ローマの闘技場と化しており、随分いい加減な世界観だ、などと自分の作り出す幻の一貫性のなさに驚いたりもした。

かくして８３２教室へと辿り着き、僕達が教室に滑り込んでまもなく、戸は閉められた。

今度の教室は、歴史を感じられる教会となっていた。窓は全てステンドグラスに置き換えられ、黒板のあるべきところには燭台《しょくだい》と十字架がおかれている。

そして教室のど真ん中には、大きなスピーカーがおかれている。この場違いさを考えるとおそらくこれは僕の妄想じゃないだろう。

「大分数が減ったな」

まだ息の整っていないジョナさんの言葉に、僕も周囲を見渡す。先程に比べて半数程度になっているのではないだろうか。目標に一歩近付いたことで、みな先程より血走った目をしている。暴動が起きそうな勢いだ。ジョナさんなど鼻息まで荒くし、「イブサン・ローラン」と呪文《じゅもん》の様に唱え続けている。三百万のためなら人も殺しかねない勢いである。はっきり言ってちょっと怖い。

本当に僕を孤独から救うためにこんなことをしているのか？　金のため、という動機も少しはあるんじゃないのかと疑いたくなった矢先。

「この三百万があれば……お前にも金目当てで寄ってくる友人ができるはずだ。頑張ろうな」

彼女はそんなことを言って僕を見上げて笑う。僕は一瞬息を呑み、それから目線を逸らして、頑張るに決まってるだろう、などと口の中でもごもご言った。

金目当ての友人が僕にとってありがたいものかどうかはわからないが。

ジョナさんの気持ちは、本当にありがたい。

たとえ彼女が僕の妄想だったとしてもだ。

「さっきからひとりで顔を赤くして、君は何をやってるんだね？」

「な、なんでもない。さあイベントに集中するぞ」

砂吹の不思議そうな声に慌てて顔を上げ、スピーカーに集中する。

「よくぞ集まった、あなた達こそ、我ら推理小説研究会がもてなすに相応しい、真の参加者だ！　さあ、ここからが本番だぞ、諸君」

会長の声がスピーカーから鳴り響く。ざわついていた教室内はすぐさま静かになる。

「諸君はこれから別々の目的地にいき、協力して十一号館の殺人の真相とその犯人に辿り着かなければいけない。まずは諸君にカードを配ろう――」

後半を、僕は聞いていなかった。ある人物に目を奪われていたのだ。

これは夢だと、思わず呟く。

信じられないことが起きていた。こんなことがあっていいのだろうか。

スピーカーに集中する人々の中に、ひとり、彼女は立っていた。

大学に入ってすぐに、僕が恋に落ち、そして手痛い失恋を味わった電柱事件。あの電柱の彼女が僕の目の前に立っていたのだ。

黒くまっすぐな長い髪。細身で無駄がないスタイル、そして声をかけるのもためらうような、理知的で整った顔。

いかなる法則が働いたのか、彼女の姿だけは僕の妄想の手は伸びず、ジーパンにタートルネックのセーター姿。

そしてその上から白衣を羽織っている。

一年前の僕の妄想では、彼女はカーディガンにロングスカートといった服装だったから、ここだけ少し違う。

僕の視線に気付いたのか、彼女がこちらを見る。僕は慌てて目を逸らした。

胸中は嵐の中の小舟のようだった。一体何が起きたのか。また僕は架空《かくう》の存在である彼女を空想しているのか。

ジョナさんの次は、彼女を作り出したというのか。古い傷口が開き、苦い思い出が胸の中に広がっていく。

しかし同時に、彼女が何者なのか知りたいという欲求も湧いてきた。

「……おい、おい、聞いているのか?」

服の袖を引っ張られ、我に返った。ジョナさんが不満そうに僕を見上げている。

「今度はグループ毎に目的地が違うそうだ。青学祭終了まであと四時間しかないぞ。時間が惜しい。砂吹の受け取ったカードに指定された場所に行くぞ」

頷きつつも、横目でちらちらとその女性を見てしまう。

参加者が動き出した。女性も教室を出ようともうひとりの女性と話をしながら歩き出した。

口の中で小さく声を出しながら、その後ろ姿を追っていた。と、その背中をジョナさんに叩かれ、思わず悲鳴を上げた。

「な、何をするんだ」

「それはこちらのセリフだ。友情すら確立できないような男が、女性に好色な目を向けるとは百年早い！」

ジョナさんはムスッとした表情で早口に言う。

「大体、女性なら身近なところにいるじゃないか。それも、きちんとお前のことを思い遣ってくれる清く正しく美しい女性が」

「……どこに？」

周囲を見回すが、そんな女性はどこにもいない。目の前にいるのは、僕の妄想の産物だけだ。

そして、妄想の産物であるジョナさんは、もういい、と言って口をフグのように膨らませて歩き出す。

「……自分の妄想なのに、何を考えているのかわからない」

「私には君が何をやっているのかさっぱりわからない」

金田一に扮した砂吹の顔が鼻先三センチ手前にいて、僕は思わず驚きの声を上げた。

「さあ行こう。時が過ぎれば過ぎるほど、三百万も遠のく」

砂吹の言葉に頷いて場所を移動する。気を散らせてはこの厳しい試練を勝ち残るのは難しい。

最早、彼女と出会うこともないだろう。僕はそう思い、ひとりため息をついた。


ところが思いの外早く出会えた。

うろ覚えの観光雑誌の記事を切り貼りした、素人の考える底の浅い十九世紀ロンドン、マーケットのごときキャンパスを横切る。

ヨーロッパの古城風に改装された十二号館に入り込み、１２５４教室に乗り込んだ。

ベニヤ板を打ち付けて、窓を全て塞がれた教室。

その真ん中に彼女は立っていた。

「あなた達がお仲間というわけね。よろしく」

彼女は微笑んで僕に言った。僕はしばらく口の開閉を無意味に繰り返し、その後、あることを思い出して、砂吹に視線をやった。

「お、おい砂吹。彼女が見えるか」

「うむ、見えている。何を危惧《きぐ》しているのか知らないが、少なくとも彼女は君の妄想ではないよ」

大きく息をつき、そして慌てて首を横に振る。今の砂吹の言葉こそ、僕の妄想でないとどうして言える。

あの電柱事件を思い出せ。最早何も信用できないことを思い出せ。

「そして私の知り合いでもある」

「おひさしぶり。砂吹」

「何⁉」

思わず口に出してしまった。

「おい砂吹。これは一体どういうことだ。彼女とはどういう関係なんだ⁉」

彼の身体をがくがくと揺らしながら尋ねる。

「知り合いだ。今言っただろう」

「……知り合い」

目の前にいる美女と、金田一の格好をしてギターを背負うこの奇人のどこに接点があるのか理解はできないけれど、知り合いというからにはそうなんだろう。

ショックだ。砂吹は僕と同じ孤独な人間だと思っていたのに、こんな美人と知り合いなんて。

なんかずるい。

砂吹に置いていかれたかのような気持ちになった。なぜか、裏切られたかのような気持ちになった。

肩を落としていると僕の腕をジョナさんが再び引っ張った。

「安心しろ、お前には私がいる」

「……結局僕には妄想しかいないのか……」

「妄想は妄想でも、可愛らしい妄想だ」

ジョナさんは不機嫌そうな声で忠告した。

まあ、実際には存在しない彼女が相手なら、無駄な期待や緊張を強いられなくていい分、気が楽かもしれない。

「安藤《あんどう》よ。砂吹くんの知り合い。心理学科の大学院生。よろしく」

僕の憧れの電柱そっくりの安藤さんは微笑んで言った。僕は少し頬が熱くなるのを感じ、ジョナさんの頬がまた、フグのように膨らんだ。

『さあ、諸君、所定の位置についたかな。では問題に行こう』

突然、教室に取り付けられたスピーカーから声が響いた。

『諸君はもう、この教室から出られない』

彼がそう言った途端、教室の外から錠が降ろされる音がした。

慌てて駆け寄るが、どうやってもビクともしない。

『諸君は十一号館の殺人事件の真犯人によって罠にかけられ、それぞれの教室に閉じ込められた。知恵を絞り、教室から脱出し、教室に隠されたヒントから、真犯人を捕まえること。真犯人を捕まえる権利があるのは、ここから脱出できたものだけだ』

僕達は、窓を塞ぐベニヤ板に向かって椅子を持ち上げる安藤さんを慌てて止めた。

「あら、こういうのはダメなの？」

「窓を壊したところで、ここは五階ですよ？」

そうだった、と彼女は舌を出して笑った。意外と豪快な人だ。

そしてチャーミングだ。つくづくこの女性と砂吹との接点が思い付かない。

「私と砂吹君、それから君とで協力してここから脱出しようってわけね」

もうひとりいますよ、と言い掛けて、ジョナさんが安藤さんに見えないことを思い出し、口を閉じる。自分には見えて話もできる彼女が、人に見えないというのはなんだか切ないものがあった。

「そう言えば安藤、君のパートナーはどうした？」

「研究室の友達と一緒に来たんだけどね。例の暗号競争で脱落しちゃったわ」

彼女は肩をすくめてそんなことを言う。

「ま、過去のことは忘れてお互い協力しましょ」

「うむ、仕方あるまいな」

安藤さんと砂吹は視線を交わした後、それぞれ教室を調べ始める。

そして、僕は若干の疎外感を味わっていた。

ふと、ジョナさんが顔を上げて僕を見る。

「これはいわゆる脱出ゲームと呼ばれているものだな、ワトソン君」

名探偵よろしく、ジョナさんが言う。僕は助手役に抜擢《ばってき》されたようだ。妄想に助手扱いされる我が身の情けなさを噛み締めつつ、彼女を見返す。

「脱出ゲーム？」

「お前は引きこもりのくせに脱出ゲームも知らないのか」

「引きこもりはこの際関係ないだろ」

ジョナさんは、これだからお前は、と小さく息をついて、上下左右を見渡した。

「脱出ゲームというのは閉じ込められた部屋の謎を解いて外に出る、という一連の流れを楽しむゲームのことだ。インターネットとかでよくあるだろう。私が知っている以上、お前だって記憶にあるはずだ」

「脱出ゲーム……まあ、閉じ込められたのは確かみたいだ」

「見ろ。この教室の隅々に何気なく配置された意味ありげな装置群を」

「そう言えば……」

机の一つにバールや蠟燭、ロープ、ハンマーなどが置いてある。

そして壁にはスイッチやダイヤルがいくつか設置されていた。もしその全てに仕掛けが施してあるのだとすれば、一体どれくらいの知恵と労力と金がこの部屋に注ぎ込まれているのだろう。

「この部屋にはあからさまに謎がいっぱいだな。名探偵の活躍どころだ」

あちこち見回しながらジョナさんは言った。

「……やけに嬉しそうだな。ジョナさん」

「私はミステリが大好きなんだ。存分に私に頼るがいい」

ジョナさんが胸を張り、僕はため息をついた。

「なんだなんだ、そのため息は」

「いや、なんでも。期待してるよ、ジョナさん」

僕の妄想なんだから、僕以上の知力があるはずがない。

ジョナさんはアテにはできないだろう。

そんなやりとりをしていると、ふと視線を感じて振り向く。

そこには安藤さんがいた。きっと僕の言動をおかしく思ったに違いない。

僕は慌てて首を横に振った。

「ち、違うんです、これはただの独り言で、けして妄想相手に喋るなどという奇態なことをしていたわけじゃ……」

「君のこと、少し知ってるわ」

「え……」

「基礎心理実験Ⅱのコンパに出てたでしょ。私もあそこに、後輩に誘われて参加してたの」

「あ……そう、なんですか……」

心の中で、何かがしぼんでいくのがわかった。そうか、では彼女もあの時、あの場にいて、僕を見物していた人のひとりだったのか。

「ねえ君」

彼女はぐっと僕に近付いて言った。

「私の研究テーマはね、人が現実をどう認識しているか、という認識論なの。よければ君のことを研究させてくれない？」

僕はしばらく彼女を見つめ、やがて小さく首を振った。

こんな美女が僕のことを知りたいと言ってくれる。普段なら飛び上がって喜んだだろう。しかし、今回は素直に喜べなかった。

「……僕は自分が人と違うことを知っています。けれどその特質を、好奇の目で見られることは我慢できません」

安藤さんはひとつ頷いて、そう、と言った。

「研究したいって言うんだから、確かに好奇の目と言えるかもしれないわ。そうね、もちろん、強制はできない。でも、もし自分のことをもっと深く知りたいとか、治したいと思ったときは相談して。お手伝いできると思うわ」

彼女はそう言って僕に微笑みかけた。それから小さく伸びをした。

さあ、脱出ゲームを始めましょうか、と言って、あちこちを見回しながら歩く。

僕は彼女の姿を目で追っていた。そして後頭部をジョナさんにチョップされた。

「デレデレするな。お前のような男が、ああいう女に関わるとロクなことがないぞ。治療だって、本当かどうか……」

言葉は少しずつ小さくなり、最後には消えてしまった。彼女は何かを隠すように、口をつぐんで。その横顔が、なぜかいつもと少し違ってみえた。

「……ジョナさん、どうかしたのか？」

「べ、別に、なんでもない。今はこの試練を乗り越えることだけ考えていればいい。さあ、推理の時間だぞ！」

気持ちを切り替えたかのようなジョナさんの言葉に僕も頷く。

余計なことを考えている場合じゃない。今はとにかく三百万に向かってまい進するときだ。

「女性を見るときはまず袖口に注意を、男ならズボンの膝《ひざ》を見よ、だな」

「なんの話だよ」

「ものを見るときは細かいところに注意力を傾けよ、というホームズの言葉だ。よく教室を見渡し、脱出の材料がどれだけあるのか調べる必要がある。見せてやろう。推理小説で培った私の推理力は大したものだとうちのかみさんが言っていた！」

「だからどういうキャラなんだってば」

ジョナさんが張り切って歩き出した直後。

木板が割れるような、破壊音が教室に鳴り響いた。

驚いて振り向けば、教室の出入口にバールを構えた安藤さんがいた。

「……安藤さん？」

彼女は戸のすきまにバールを押し当てる。

気合の入った一声と共にむりやり鍵《かぎ》を壊すと、戸を蹴り倒した。

額の汗を拭《ぬぐ》い、それから安藤さんは、こちらを見てにこりと笑う。

「推理小説でトリックが成り立つのは、それが小説だから。というのが私の持論よ」

彼女はバールを投げ捨ててそんなことを言った。

「ドアは賞金で直しましょ、さあ、次の場所へ出発！」

彼女は悠々と古城と化した十二号館の廊下へと出て行った。

僕達は教室に取り残され、呆然と破壊された入口を見つめた。

「……私、あいつ嫌いだ」

出鼻をくじかれたジョナさんの呟きが、がらんとした教室に空しく響いた。

安藤さんのイメージは大分変わってしまったが、とにかくいち早く脱出できたのは間違いない。

問題は、この先どこに行っていいのかわからないことにある。

無理矢理教室を脱出してきたので、次の場所へのヒントを手に入れることができなかったのだ。大急ぎで教室に戻ったときにはすでに遅く、推理小説研究会が後片付けを始めており、ヒントを手に入れることはできなかった。

人間三人と僕の制作した妄想は、霧の街ロンドンに変じたキャンパスをヒントを探して練り歩く結果となる。

時間を無為に消費し、あっという間に、後一時間で祭の終わりが迫ってきた。

人混みの中を長々と移動したため、精神も身体も限界に近付いていく。ストレスがかかってきたせいか、妄想にも磨きがかかって来る。

近代西洋仕様の服装に身を包んだ人々の中には、イギリスの伝説に出てくる妖精《ようせい》ゴブリンがあちこちを走り回り、学舎の屋上には、アーサー王伝説に登場する身の丈五メートルの巨人コーラングが腰掛けてため息をついている。

以前読んだ『イギリスの怪物達』という本が原因だろう。

そして気がつけば、行き交う人々の頭部はみんな、牛や馬、ウサギや山羊に入れ替わっていた。まるで狂った夢の中だ。

「顔色が悪いようじゃないか」

気がつけば、喋るカエルが、足下でキセルをふかしていた。

「やれやれ、家で引きこもっていればいいものを妙に張り切るから。無茶なんかするもんじゃないねえ」

「うるさい、どこかに消えてくれ」

僕はカエルを無視して、周囲を見渡す。

「……どうした？　体調でも悪いか？　少し休むか？」

気遣うような声でジョナさんが言う。彼女はいつものままだった。こちらを振り返る砂吹と安藤さんも大丈夫だ。

小さく頷き返す。

「これくらいのことで負けるものか。僕は三百万を手にするんだ」

ジョナさんは少し驚いたように眉を上げ、それから、口元を引き結んで小さく頷く。

「私も全力でサポートしてやる」

ジョナさんと共に、砂吹と安藤さんの元へと急いだ。

「どうした、急に立ち止まったりして」

「いや、問題ない。心配するな」

ふむ、と砂吹は頷いて、ばりばりと頭を掻いた。金田一耕助のコスプレはフケまで再現しているらしく、砂吹が頭を掻くたびに白い粉が肩に降り積もっていく。

「で、どうだ、次の目的地はわかりそうか？」

僕が尋ねると、砂吹は少し困ったように唸った。

「あてもなく探して見つかるなら苦労はないわよね」

「さて、こんな時こそ、この大学ノートの真価を問うときが来たようだ」

全く気負いのない砂吹が、再び懐からノートを取り出した。

「このノートにはこうある。『第三の試練こそ、怨敵《おんてき》推理小説研究会が用意した最大の試練である。長い戦いの歴史の中で、ここを突破したものはいない。それは理不尽であり、我々を憤慨させるに足る難関である』だそうだ」

「理不尽にみえるもの、闇の中を照らす力こそ、推理だ。そうは思わないか、ワトソン君。少なくとも、暴力で全てを解決するよりはスマートだ」

ジョナさんが安藤さんの背中を指差してそんなことを言った。

人を指差すものじゃない、と注意して顔を上げる。

気持ちが落ち着いたのだろうか。周囲の人々の頭は馬や山羊や鳥から、普通の人間の頭部に戻っている。

肩の力を抜き、僕は再び砂吹を見た。

「で、ノートには目的地について書かれていないのか？　とにかくこのままじゃ、時間がどんどん過ぎていくだけだ」

砂吹は勿体振《もったいぶ》った調子でページをめくる。

「『彼らが八十年間その伝統を守ってこられたことには理由があった。それは彼らが純粋な推理力だけを試していないことにある。第三の難関を我々の知力が突破できなかった理由、それは……』」

「……砂吹？」

砂吹は黙ったまま、ゆっくりとノートを閉じた。

「なるほど、そういうことだったのか。見えたぞ、この催しのカラクリが」

彼はぱたりとノートを閉じ、懐に戻す。

「おい、どういう意味だ」

「来たまえ諸君、次の場所がわかった」

うんと頷きかけて、見過ごせない真実に気付いた。

「というか砂吹。ノートを見て答えがわかるなら、最初から全部見てろよ！」

「先がわかっては催しを充分に楽しめないではないか」

そんなことを言って、砂吹が走り出し、僕達も慌てて後を追う。

彼は人混みを縫って風のように走り、そのずば抜けた脚力を再び周囲に見せつけた。驚いて道を空ける人々に頭を下げながら、僕達も後に続く。

「なぜプロレス同好会の人間が推理小説研究会に協力するのか、それがずっと理解できなかったのだが、今ようやく理解できたよ」

突然立ち止まった砂吹は、追いついた僕達に言った。

「体育会系のサークルと文化系のサークルは伝統的に水と油の関係となることが多い。文系の人間は、サークル棟の廊下で我が物顔に筋トレをする体育会系を鬱陶しく思い、逆に体育会系の人々は文化系サークルを身体能力の点においてバカにするきらいがある。とかく人は自分とは違う人種を疎ましく思うものだ」

砂吹の言葉に、ジョナさんは何か気がついたようにピクリと眉を上げた。

「しかしプロレス同好会と推理小説研究会は共栄関係にある。このイベントの受付をプロレス同好会がやっていたことからもそれは明白だ。なぜこの二サークルが手を組むのか。推理小説研究会は推理力だけでは絶対に突破できない最後の難関を用意でき、プロレス同好会は観覧料をふんだくれるほどのショーを用意できるから……」

砂吹の言葉を聞くにつれ、嫌な予感が増していく。

「……まさか、最後の難関とは……」

「そう」

砂吹がこちらを振り向き、にやりと笑った。

「最後の難関はプロレスだ」

彼の背後で盛大な歓声が聞こえた。目の前は中庭、先程とは比較にならないほどの人だかり。

プロレス同好会の最終演目。一般人参加による真剣勝負。なぜ一般人がそんな危ないことに自ら参加するのか。

「プロレスに参加する一般人とは、推理小説研究会のゲームの参加者だったのか！」

それに応えるようにまた歓声が上がった。即席のリングからジャイアントスイングによって参加者が投げ飛ばされたのだ。

リングの上には筋肉隆々の男がひとり。マスクを被り、パンツ一枚の男だ。

「プロレス同好会会長、常川鉄仁《つねかわてつひと》。あれを倒し、犯人へのヒントをむしり取らなければいけないようだな」

「……推理、関係ないな……」

ジョナさんの呆れたような言葉に思わず何度も頷いてしまう。

「その通りだ」

唐突に背後から声が聞こえた。振り返ればそこには男が立っている。タキシード姿にシルクハットを被り、ステッキを持ったその姿。間違いない、推理小説研究会の会長、坂居浩一郎だ。

「ヒントはあのレスラーのマスクの中にある。この試練を勝ち抜いたものだけが、真犯人に、そして三百万に到達できるということだ。もちろん、可能ならの話だがね」

「こうやって青学祭のたびに荒稼ぎしてるというわけ？　ずいぶん悪どいことやってるじゃない」

安藤さんの言葉に、坂居は演技めいた笑みを浮かべた。

「残念ながらこれは我がサークルの伝統でね、僕の代でやめるわけにはいかない」

「悪しき慣習ほど残りやすいのね」

「君達に楽しい時間を提供し、我々は金を得る。何も問題はないじゃないか。もちろん、三百万もきちんと用意してある。人聞きの悪いことを言わないでほしいものだ」

安藤さんと坂居の視線が互いに交錯する。

そしてその視線が、ふと僕に飛び火した。

「君の噂は聞いている。妄想と現実の区別がつかない危ない男だというじゃないか。お目にかかれて光栄だ」

その言葉に、僕は息を呑んだ。見破られている。僕の異常性を、坂居浩一郎は知っているのだ。

思わず顔を伏せる。

どこかに隠れたくなる。

「大方、金の力で友情が得られるとでも思ったんだろう。浅はかな考えだね。孤独に身を浸しすぎて友情のなんたるかがわからなくなった者の考えることだ」

顔から火が出そうだった。何もかも放り出して逃げ出したくなる。

実際数歩、後ろに下がっていた。

しかし、ジョナさんの姿に僕は足を止めた。

ジョナさんは居場所がなさそうに俯いていた。そうだ、この計画はジョナさんが考えてくれたものだった。それも、他の誰でもない僕のために考えてくれたのだ。

「あ……浅はかなんかじゃないぞ」

僕は静かに言った。他人に攻撃的とも言えるような態度を取ったのは、ここ数年なかったことだ。自分でもわかるくらいに声が震えている。この瞬間、自分は臆病なのだとはっきりとわかった。

「僕には正しいと思える」

金で友情を買うことのどこが正しいのか説明できる自信は全くなかったけれど、とにかくそう言わなければいけないような気がした。

「なるほど。ではその正しさを見せてもらおう」

坂居がそんなことを言った。

「この先は文字通り身体を張った真剣勝負だ。君達の実力、ここで見物していよう」

坂居の言葉に僕達は顔を見合わせた。

「さあ、次の挑戦者は誰だ!!」

そんな実況の声が聞こえてくる。

「ぐずぐずしている暇はないな。ひょっとすると次の挑戦者があの男を倒してしまうかもしれない」

坂居の急かすような言葉に焦らされる。僕が行きたいのは山々だが、格闘技どころか運動全般が苦手で、できることなら一生家から出ずにいたい類のこの僕に、一体何ができるだろう。

「まあ、ここまで来たら話は早いわ。あれを倒せばいいのね。いいわ、行って来る」

「いやいやいや！」

慌てて止めた。いくらなんでも女性に戦わせるわけにはいかない。

「砂吹、行ってくれ！　お前の無駄に高い運動能力を発揮するときが来たぞ！」

「私は、争いごとなどという俗世の物事に関わらないようにしているんだ。安藤が適任だと思うがなあ。彼女は目的のためなら手段を選ばない女性だ」

安藤さんはにやりと笑い、懐からスタンガンらしきものを取り出して見せた。

「安藤さん、それは反則になると思います！」

思わず叫び、気がつけば、周囲の注目がこちらに集まっている。

「それなら君が行くかね？」

砂吹の言葉に、声が詰まる。ジョナさんが袖口を引っ張り、僕の気を引いた。

「……なんだったら、私が行くぞ」

口元を引き結んだジョナさんの表情に、冗談を言っている気配はない。君は妄想なんだから、戦えはしないだろう、と思う一方で、妄想だろうがなんだろうが、女性に、代わりに戦うと言われて引っ込んでいるわけにはいかない、とも思った。

「わ……わ、わかった、僕が行く」

裏返った声に、周囲の観衆が口々に声援を送った。

「さあどうやら次の挑戦者が決まったようです！」

そんな実況の声が響き渡り、英国の紳士淑女が道を空け、好奇と興奮に潤んだ目でこちらを見つめた。

突然注目を集め、気が遠くなりそうだった。

「ほ、ほんとに大丈夫なのか？　無理はするな？　痛くなったら、すぐにギブアップするんだぞ？」

そんなジョナさんの言葉になおさら引けなくなった。自分の妄想とはいえ、僕のことを考えてこのイベントを紹介し、ここまで付き合ってくれた彼女に、無様な不戦敗を見せるわけにはいかない。僕は一歩を踏み出し、それを参加の意と取ってみたのか、歓声が中庭を満たし、空気を震わせる。

平静を装ってリングへの道を歩きながらも、頭の中は混乱と不安と緊張でわけがわからなくなっていた。

妄想は凄まじい勢いで周囲を塗り替えていく。

瞬く間にリングは小形のコロシアムに変化する。キャンパスを覆っていた霧は晴れ、日差しが地面を焼いた。砂埃《すなぼこり》が舞い、いつの間にか階段状の観客席に見下ろされている形となる。コロシアムに集まった紳士淑女は、白いローブに身を包んでいた。

さながら古代ローマの風情だ。

遙《はる》か向こうではビッグベンが時を刻んでいた。ロンドンにコロシアムがあるのか、という疑問が脳裏をよぎるが深く考えている余裕はない。

目の前の筋骨隆々の男は、頭部が凶悪そうな豚の頭となり、口端から垂れる涎《よだれ》は地面に落ちると、煙を立てた。

想像してほしい。二足歩行の、マスクを被った豚の怪物である。僕は思わず後ずさりながらも自分に言い聞かせる。

怖がってはいけない。これは恐怖心が見せる幻覚だ。この戦いに勝ち残り、三百万を手にして、その金で友人を作り、ジョナさんを安心させてやらなければいけない。

声を上げ、男に向かって走り出す。

もちろん、いいようにやられた。

腕ひしぎ十字固め、ジャーマンスープレックス、ヒップアタック、フロント・ハイキック、空手チョップ、ワンハンド・バックブリーカー、ニークラッシャー、エトセトラエトセトラ!!

ありとあらゆるプロレス技が嵐となって我が身を襲い、痛みを通り越してちょっと気持ちよくなってきた。

向こうはどうやらこちらが戦いやすい相手と考えたらしく、ある程度力を抜いているようだ。試合をショーとして盛り上げることに専念しようというのだろう。

ある意味、ヒール役の鏡と言える。

僕は大海にもまれる木の葉の気分を存分に味わった。

ツーカウントで立ち上がったのは何度目だろうか、それほど痛くはないが体力は底を尽き欠けていた。

試合形式は無制限一本勝負。決着がつかない限り、休憩はない。

「お、おい、もういいぞ。この計画は失敗だ。金で友情を買うなんて、やはり間違っていたのかもしれない」

倒れた僕にリング外からジョナさんの声が聞こえた。

彼女の計画は確かに間違っているのかもしれないが、それは僕を思って考えてくれたことだ。その気持ちは間違ってはいない。だって僕は嬉しかった。

大体、友達は独力で作るものだ。友達を作るのに他人に頼るのはおかしい。

僕は立ち上がり、目の前の豚頭の化け物を見つめる。観客の声が遠くに聞こえた。

「まだやるかね」

背後から声が聞こえた。砂吹の声だった。

「僕は友達がほしいんだ。これで孤独から逃げられるなら、いくらでもやってやる」

「よく言った、存分に戦うがいい」

その声に背中を押され、僕は再び突進、肩から豚頭に飛び込んだ。思わぬ反撃に驚いたのだろうか、体格のいい豚頭は僕と一緒に転倒した。

自分にとっても、敵にとっても観客にとっても、それは意外な反撃だったのだろう。

リングの周りから再び大歓声が聞こえる。

「た、倒した？」

まだだ、と背後で砂吹の声がした。

一度でも地に膝をついたことが恥ずかしかったのだろう。

豚頭は怒声を上げて僕の足を持つとグルグルと振り回した。世界が僕を中心にぐるぐると回った。

一瞬重力から解き放たれ、強い衝撃と共に地面に転がるかと思ったのだが……。

僕はあっさり誰かに受け止められ優しく地面に降ろされた。

「選手交代といこう」

目の前にはギターを背負った金田一耕助がいた。

「君の勇気は無駄にはしない」

砂吹はゆっくりと歩いて行く。豚頭が、油断なく構える。

「気をつけろ……あいつは手強いぞ」

「ふむ、まあ見ていればいい」

そして……一体何が起きたのか。

いつの間にか砂吹は豚頭の目の前に立っており、その腹部に触れていた。

それだけで、ゆっくりと仰向けに豚頭が倒れた。一体何が起きたのだろう。

「まさか通信教育でマスターした気功術がこんなところで役に立つとは思わなかった。やれやれ」

「き、気功術？」

何者なんだお前は、と尋ねる暇もなかった。砂吹は手振りで僕に黙って見ているよう指示すると、豚男のマスクをはぎ取り、中から紙切れを取り出した。汗で濡れているらしく、眉をひそめながら開く。

思わず息を呑んだ。

八十年の歴史の中で、この難関を突破できたのはおそらく僕達だけのはずだ。

「十一号館の殺人!!　犯人は!!」

砂吹の大声が中庭に響く。勝者の突然の奇行にしんと静まり返る。体温が一気に下がるような思いがした。冗談じゃない。ここで犯人を発表してしまったら、参加者全員と再び競争するはめになる。

砂吹を止めようと、走り出したときにはすでに遅い。

「犯人は、推理小説研究会会長！　坂居浩一郎である!!」

愚かな砂吹の口を塞いだのは全てを言い放った後だった。

「お前はアホか！　競争相手を増やしてどうする！」

「君の宇宙規模の浅はかさには毎度のことながら舌を巻くな」

腹立たしくなるほどの気楽さで砂吹は言った。

「我々がレスラーを倒し、情報を手に入れたことは、この人だかりに隠れている参加者全員が承知している。もしここで情報を公開しなければ、追われるのは我々だぞ？　準備万端のレスラーと戦うより、移動中の我々を奇襲した方が情報を入手できる確率は高いだろうからな」

砂吹の言葉に僕は口をつぐんだ。確かに彼の言う通りだ。

「で、でもこれじゃあ大変な競争になってしまうんじゃないか？」

「しかしながら、我々にはひとつ有利な点がある」

驚いてる観衆や実況の声など気にもせずに砂吹は言う。

「我々はこの試合の直前、彼と話をしているし、私はリングに上がる直前まで、彼と一緒に君の戦いを見ていた。『彼が最後にどこにいたのか知っている』これが我々の強みだ。ああ、そう言えば彼は中々の根性だと感心していたよ」

「そ、そんなことはどうでもいい。ヤツは今どこに？」

少し居心地の悪い思いをしながらも、観客席に目をやる。僕達がいた地点には、すでに誰もいない。

「今、安藤が彼を追っている。私の携帯電話を持って行くといい。彼女から連絡があるはずだ」

「お前はどうするんだ？」

「私はここでレスラーを倒した賞金を得ることにしよう」

「賞金が出るのか⁉」

「『十一号館の殺人』への参加費用程度だがね。もらえないよりはもらえる方がいい。さあ、君はとっとと行くがいい」

走り始めようとしたところで、ふと気がついて彼を見返す。

「ひとつ言いたいことがある」

「なんだね」

「そんなに強いなら、最初から戦ってくれればよかったじゃないか！」

「真打《しんうち》ちはピンチに駆けつけた方が盛り上がるだろう」

冗談なのか本気なのかわからない言葉を掘り下げている時間はなかった。僕は砂吹に渾身《こんしん》のデコピンをお見舞いして、彼の携帯を手に走り出す。

同時に、人だかりの中に多方向に動いていく黒い影を見た。きっと坂居浩一郎を捜すために動いているのだろう。

坂居浩一郎は、このイベントの舞台はキャンパスだと言った。ということは、坂居がキャンパスの外に出たとは考えられない。

坂居はまだキャンパスの中にいる。

石畳の道を走り抜け、ごった返す人々の隙間《すきま》を潜り抜け、イギリスの趣ある通りと化したキャンパスを行く。

「おい、おい！　どこに向かって走ってる」

不意に声が聞こえた。すぐ隣にジョナさんがぴたりと寄り添って走っていた。

「ジョナさんか、お前も聞いただろう。犯人は坂居浩一郎だ。他の参加者の手柄にされる前に、僕達で見つけるぞ。安藤さんからもうすぐ連絡がくるはずだ。それまではキャンパス中を走り回って捜す。あの男は目立つ、どこにいてもわかるはずだ」

ジョナさんが目を大きくして何か思い付いたように僕を見つめた。

その視線に、僕も思わず足を止める。

「お前の言う通り、あれだけ目立つ男なら、人に聞けば居場所がわかるはず。聞き込み調査だ」

「どうした？」

「バカな、それは無理だ」

「なぜだ」

「知り合いでもない人に声をかけるなんて恥ずかしいじゃないか！」

　ジョナさんは口をポカンと開け、その後、もどかしそうに地団駄を踏んだ。

「意気地無し！」

「な、なんだよその言いようは。情けないとでも言いたいのか？　ああ情けないさ。だからこんなに悩んでるんだ。大体君は僕という人間を買いかぶりすぎで――」

「もういい、それなら足で捜すぞ！」

　再び周囲に注意を払い出したとき、同時に、携帯電話が鳴る。

「あ、け、携帯が鳴っている」

「見ればわかる。さっさと取れ」

「……な、なんだか携帯電話で人と話すのが久しぶりで――」

「いいから取れ！　三百万は目の前だぞ！」

そこまで強く言われては断る理由も見つからない。恐る恐る受信ボタンを押して携帯を耳につけ、自分の名前を口にする。

「ああ君か。安藤です。今、十一号館の屋上よ。坂居浩一郎を追い詰めたわ。急いで来て！」

安藤さんの言葉に、見えてもいないのに頷いた僕は、すぐに行きますと返し、電話を切る。

安藤さんのような美女と電話で会話できたというだけで、なんだか幸せな気持ちになったが、舞い上がってばかりもいられない。

しっかりしろと、ジョナさんに尻《しり》を蹴っ飛ばされ、僕は再び走り出した。


屋上に出ると、足下は石畳になっていた。屋上の四方には背の高い尖塔《せんとう》が聳《そび》えており、全体的にゴシック調の雰囲気を擁《よう》している。

イギリスの町並みを見下ろすこの風景。

この場所、写真で見たことがある。

「……これ、イギリスのリンカン大聖堂か、もしかして」

確か、人工物では最も高かったギザのピラミッドよりなお高く、世界で最も高い建物に輝いたこともある建物と聞いている。

最後の場所に相応しい、ということか。そんなことを考える。

「……おい、あそこ」

ジョナさんの指差す先、そこには安藤さんと、坂居浩一郎がいた。

「安藤さん、無事ですか」

駆け寄ると安藤さんは小さく頷き、坂居を見た。

「万が一逃げられたらと思って、君を待っていたの。二人がかりなら、捕まえられるでしょ？」

夕暮れに照らされた大聖堂の上で、僕は小さく頷いた。あの男を捕まえて推理小説研究会に引き渡せば、三百万が手に入る。

「もう逃げられないぞ。三百万は僕達のものだ」

「私をここまで追い詰めるとは、正直想定外だったよ」

坂居浩一郎がそう言って少し笑う。

「……やはり殺人など、するものではないな」

芝居っけたっぷりに坂居が言い、僕と安藤さんは互いに顔を見合わせる。

「……『十一号館の殺人』ってフィクションですよね」

「犯行の動機は単純なものだった……誰でもよかったんだ。僕は人を殺すことで自分の存在を証明したかった」

彼は悲しい表情で言う。

「いや、だから……フィクションですよね？」

「私は自分が空気のような存在に思えたのだ。どんな形であれ、他人と関わりたかった。それが例え、殺人という形だったとしても！」

「あの、フィクションじゃ……」

ついでに言えば、一人称まで変わっている。彼のテンションはたったひとりでウナギ登りだ。

「後悔はない。たとえここで命を絶ったとしても!!」

彼はフェンスを乗り越えた。高さ二十メートルはあるかと思われる建物の屋上である。落ちたらひとたまりもない。

「お、おい！」

慌てて駆け寄ろうとするのを、坂居が手で制した。

「近付くな！　近付くと飛び降りるぞ！　私にはもう、失うものは何もないんだ！」

「いやいやいや！　だからフィクションだろう⁉　こんな高さから飛び降りたら死ぬぞ！」

「そうよ！　そんなことをしたら三百万が手に入らないわ！」

安藤さんが力強く酷《ひど》いことを言う。僕の隣にいるジョナさんも彼女の言葉に頷き、口を開いた。

「そうだ、死ぬなら私達に三百万を渡してから死んでほしい！」

「……いや君達、その発言はどうだろう」

などというやりとりも束の間のこと、とにかく！　と坂居が大声で話を遮った。これから死ぬという人間にしてはやけに元気だ。

「さらばだ。私はこの世界から飛び立つ！」

啞然とした。

彼は本当に飛び降りた。何があったのか信じられず、一瞬頭の中が真っ白になった。

駆け寄る安藤さんとジョナさんの後ろ姿を見て、僕も慌てて後を追う。

そして恐る恐る、フェンスから身を乗り出して下の様子を確認し、その様子に言葉を失った。

すぐ下の階の窓から大きな鉄板が張り出しており、くっきりと坂居の足跡がついている。

「に、逃げられた⁉」

そう全力で叫んだのと、青学祭の終了を告げるアナウンスが夕空に響いたのはほぼ同時だった。


結局、三百万は手に入らなかった。

一日かけて手に入れた金は、砂吹がプロレス同好会から進呈された二万のみとなり、それもその日のうちに酒飲みに消えた。

学生御用達の安い大衆居酒屋へと足を運び、安藤さん、砂吹、僕、そしてなぜか推理小説研究会の坂居会長が集まり、本日の健闘をたたえ合ったり、互いの、手段を選ばない卑劣な方法について罵《ののし》り合ったりした。

お酒に酔った安藤さんは胸元のボタンをひとつ外し、非常に目の遣り場に困る事態となった。しかしながら砂吹は何を考えているのかよくわからなかったし、坂居会長に関しては、僕に対してずっとミステリのなんたるかを語っていた。

僕にとっては安藤さんの胸元の方がよほど気になったのだが、ジョナさんが楽しそうに話を聞いていたので、坂居会長の話すに任せた。

そうやってぐだぐだな時間を過ごして、居酒屋を出ると、砂吹の音頭で一本締めを行った。

そろそろ冬の足音が聞こえそうな、少し肌寒い夜だった。

僕とジョナさんはみんなと別れて、帰路につく。

大学のそばにあるモノレール駅で降り、とぼとぼと歩く。空には満天の星が輝いており、秋風は火照《ほて》った身体に気持ちよかった。

いつの間にかロンドンの妄想は消え去り、世界は本来の姿を取り戻している。普段は考えただけで腹が立つほど嫌いなこの世界が、今はなぜか少しだけ好きになれるような気がした。

「ほら、しっかり歩け。ふらふらするな」

ジョナさんがそう言って僕の背中を押す。僕はへらへらと笑いながら、歩く。

それからしばらく経って、彼女はふと、小さな声で言った。

「ちょっと聞きたいことがある」

どういう意味かわからずに、彼女を振り返る。

「お前、途中で顔色が悪かっただろ。具合が悪いの、無理してたんじゃないか？」

そんなことを、もじもじと組み合わせた手の指をいじりながら言う。

「私もその、途中から三百万に目が眩んでしまった。お前の気持ちを、あまり考えてなかったのかもしれない」

何を言いたいのだろうと、じっとジョナさんを見つめる。彼女の顔に、青白い月明かりが影を作っている。なぜだかそれは目を奪われるような光景だった。

「結局……三百万は手に入らなかったし、人混みの中を無理矢理走らせたし、推理小説研究会の会長の言う通り、たとえ金が入っても、友情なんてできなかったもしれない。だからその……ごめんなさい」

少し顔を赤くしてジョナさんは俯いている。

「なんだ、そんなことか」

思わずそう口にしていた。

「……そんなこととはなんだ。私は本当に気にしているんだぞ」

ジョナさんが顔を上げてそんなことを言った。

「なら、気にしなくていい。確かに人混みは苦手だし、体力もないのに走らされたし、三百万は手に入らなかったけど……」

ジョナさんは口の中で小さく唸り、気まずそうに視線を逸らした。

「でも、僕はとても楽しかった。この間のコンパなんて比較にならない。今日一日は僕のこれまでの大学生活を全部足したものより素晴しかった」

大きさで言ったらこれくらいと両手を広げて、僕は笑う。

なんだかとても愉快だった。

ああいうバカ騒ぎは、外から眺めるものであり、自分には関係のないものだと子供の頃から思っていた。

同じアホなら踊らにゃ損とは、真実である。

酒の力も手伝って、胸のうちにあるものを全て吐き出せるような気分になっていた。

「僕はな、僕は、人の顔色を窺ってばかりの人生を送ってきたんだ。自分の正体を隠して、他人の一言一言にびくついていて、できる限り全てのことから遠くにいたいと思っていた。……でもそれは、寂しさを強めるばかりだった。楽しいことなんてなんにもなかった。でも今日は違った！　欲丸出しで走り回って、最初から最後までお祭り騒ぎで……そういうのが、なんかもう、すごく嬉しかったんだ」

言ってて恥ずかしくなってきた。頬が熱くなるのを感じながら、まあ、そんなところだ、と言葉を切って歩き出す。

ジョナさんも少しして僕の隣を歩き出した。

「そうか。よかった。それならよかった。私も少しは……お前の役に立てるんだな」

そんなことを笑顔で言って僕を見上げる。

「どうしてもというなら、また何か、お前を孤独から救う名案を考えてやらないでもないぞ」

「うん、ぜひ頼む！」

「ふふ、これならきっと、お前が妄想から解放される日も近いな！」

妄想で出来たジョナさんはそう言って笑った。

思わず僕は立ち止まる。

気付かず歩き続けるジョナさんの背中を僕はじっと見つめた。

それから。

ジョナさんが振り返り、少し心配した顔で走り寄ってくる。

「どうした？　気持ち悪いのか？　飲み過ぎたのか？　吐くのか？」

矢継《やつ》ぎ早《ばや》に質問してくるジョナさんになんでもないと答えを返し、僕は再び歩き始めた。

月が綺麗な夜だった。

妄想のない、美しい夜。

月明かりの下で見る家並みはどこか作り物めいて見えた。世界にぽつんと取り残されたような気持ちになる。

もし僕の妄想が今後消えることがなかったのだとしても。

隣にジョナさんがいるなら、それはそれで悪くない。

ブラブラと歩きながら、僕はそんなことを考えていた。

本当は、頭の隅でわかっているはずだった。

ジョナさんは僕の妄想であり、いつか僕の目の前から消える存在だと。

一年前の、あの電柱の彼女のように。

「どうした？　考え事か？」

上機嫌に尋ねるジョナさんは、月明かりのせいかとても儚《はかな》く見えた。

第三章　Jonardry

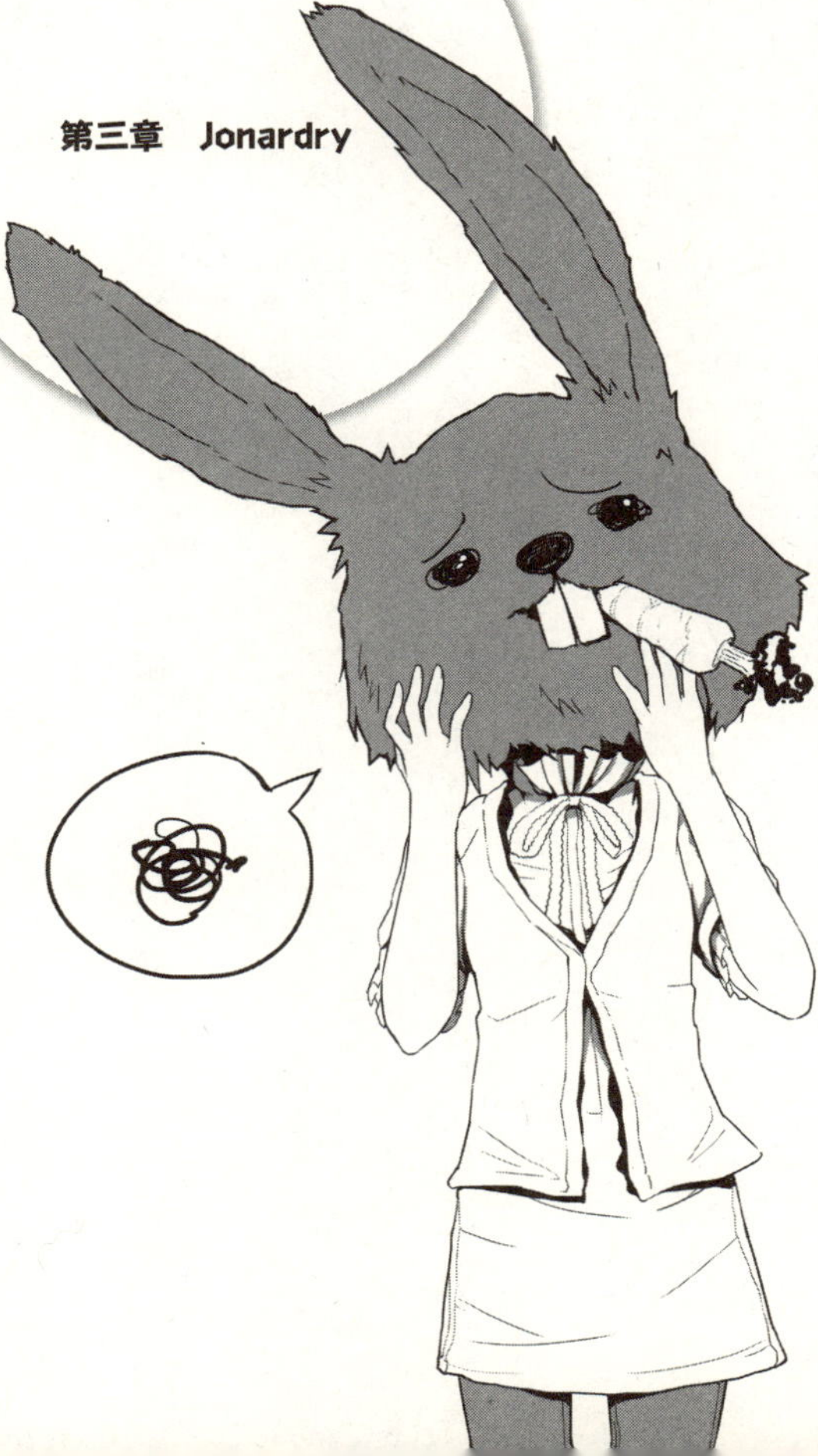

「……本気なのか？」

「本気だ」

「いやでも、こ、こういうのはもっと慎重にだな……」

「果報《かほう》は寝て待てを言い訳に、いつまでも惰眠を貪って人生を無駄にするようなヤツのペースに合わせるつもりはない」

現在、僕は貞操《ていそう》の危機にあった。

それはうららかな日和《ひより》の秋の休日のこと。

僕の部屋にて、僕とジョナさんは卓を挟んで対面していた。

例のクラス飲み会事件から青学祭まで数日間、僕が部屋から一歩も出ずに過ごしたことを知ったジョナさんがとんでもない提案をしてきたのだ。

「……冗談じゃないのか？」

「私は冗談は言わない。二十四時間、付きっきりでお前を矯正《きょうせい》してやる」

「いや、でもだな。君は男で、僕は女性なんだぞ⁉」

「動揺しすぎだ。私は男じゃないし、お前は女じゃないだろう」

茶を啜りながら、ジョナさんは憎々しいほど冷静に言うのだ。

「そんな揚げ足取りはどうでもいい！」

目の前のピンクの人型ウサギに僕は教え諭すように言う。

「僕も年頃の男なんだぞ？　言ってみれば一匹の孤高の狼《おおかみ》だ。そんな狼と一緒に寝泊りするっていうのは、女子の嗜みとしてどうなんだ！　大和撫子《やまとなでしこ》はもう絶滅してしまったのか⁉」

「お前はバカか？」

「な、なんでそうなる！　僕は君のことを思って言っているというのに」

「私はお前の妄想なんだ。現れたいときに現れて、お前の用が済んだら消える存在だ。実在していない妄想相手に、同棲だのなんだの……全く呆れてものが言えないな」

ジョナさんに指摘されて、僕はただ黙って、彼女を見つめた。

「……どうした？」

ジョナさんが首を傾げ、僕は慌てて視線を逸らした。

「なんでもない」

そのとき、僕はジョナさんが僕の妄想であるということを完全に忘れていた。

ジョナさんが僕の意見をまともに聞くはずもなく、彼女の荷物は瞬く間に僕の部屋に運び込まれた。

僕が大学の講義を受けている間に、全ての用意を済ませたらしい。

部屋は手狭になり、女性ものの荷物が増えた。歯ブラシは二つになったし、六畳間にはアコーディオンカーテンによる間仕切りが設置された。

花柄である。ファンシーである。

果たしてこれも全て僕の妄想なのだろうか、とそう思ったけれど、そんなことはなかった。

「やあ、なんだいこれは」

ある日のこと。

突然我が家にやってきた砂吹が呆れたように僕の部屋を見回した。

「ずいぶん趣味の悪いカーテンじゃないか」

砂吹がアコーディオンカーテンを開いたり閉めたりしながら言う。ジョナさんは趣味が悪いとは何事だと怒ったけれど、当然砂吹にジョナさんを認識できるわけがなく、ジョナさんの発言は華麗に無視された。

「……砂吹、お前にはこのカーテンが見えているのか？」

「……君には見えないのかね？」

「いや……僕の妄想だと思ってたんだ」

「自分で買ってきたものを、自分の妄想だと思い込むか……同情するよ」

砂吹は同情しているようには見えないにやついた顔で言うと、一升瓶《いっしょうびん》と饅頭《まんじゅう》の箱、そして酒のツマミをいくつか置いた。

「これは？」

「先日のプロレス同好会での賞金の残りだ。君にはいつもおごられてばかりだったからな、たまにはこういうのもいいだろう」

砂吹から酒をおごられる……天変地異の前触れかと警戒する僕を尻目に、彼は懐から一枚のメモを渡した。

「これは安藤の連絡先だ。機会があったら会ってやってくれ。ぜひ君に会いたいのだそうだ」

僕は息を呑み、隣でジョナさんが眉をひそめた。

「そ、それはひょっとして……交際の申し込みとか、そういう……」

「かもしれないなあ」

「ありえない！　これは罠だ！　あの女は信用できない！」

ジョナさんが叫び声を上げる中、僕は突如高鳴る胸を押さえつつ、その紙切れを受け取った。

「ど……どうしよう。交際の申し出だったらどうしよう⁉」

「そんなわけない！　そんなわけがあるか！」

思わず狼狽《ろうばい》する僕とひたすら大声で否定するジョナさん。騒々しい六畳間の中で、
砂吹はにやりと笑って見せた。

「まあ実際は、君の妄想癖の治療に貢献したいということのようだよ」

砂吹の言葉に僕は肩を落とし、ジョナさんは俄然《がぜん》乗り気になったようだ。

「はっはっは！　それはいいことだな。行ってくるといい！」

先程とは打って変わって、輝かんばかりの表情で彼女は言う。

僕は曖昧《あいまい》に笑って、気が向いたら行って来る、とだけ返す。

そんなことだと思ったよ、コンチクショウ。

砂吹はしばらく酒盛りをして、僕の部屋を酒臭くしたのち、悠々と帰っていった。
時刻はすでに夕方を周り、僕の飲んでいた酒を失敬したらしいジョナさんは大の字
になって眠っている。

僕はひとりで、残った酒をちびちびとやりながら彼女の眠る横顔を見つめている。

「……なんて無防備なんだ。それでいいのか、女性として」

僕はそう呟いて、お酒を飲み続ける。

いい加減酔いが回ってきた。

ふと、卓の上に緑色のカエルがいることに気付いた。じっとこちらを見つめて、一度ゲコと鳴いた。

「こいつはお前の妄想なんだろう?」

そいつはやたらと渋い声で言った。

「何をしても、誰にも迷惑はかからないんじゃないのか?」

カエルはいつの間にかぶくぶくに太ったガマガエルになっていた。醜い。正視に耐えず、僕は目を逸らした。

酒を入れたコップを置き、今度こそじっと、横で眠っている彼女を見つめる。

やがて自分でも何を思ったのかわからないまま、彼女の顔に手を伸ばしたところで、ふと恐怖心がもたげた。

触った瞬間、彼女が消えてしまったらどうしよう。

あるいは、彼女が電柱になってしまったら。あるいは彼女がただの幻に過ぎないことを証明するように、僕の手が彼女を霧を払うように通り抜けてしまったら。

そう思うと、彼女に触れることはできなかった。

一年前の痛みが胸に蘇った。

彼女は僕の妄想だ。

この世にはいない。

もし僕が、彼女が妄想だからと自分の欲望を押しつけたりすれば、僕は彼女を妄想として認めたことになってしまうのではないか。

その瞬間彼女は消えてしまうのではないか。

そんなことを考えて、手を止める。

「意気地がないねえ。お前の相手は妄想しかねえって知ってるくせに、妄想にも手が出せねえなんて」

いつの間にか真っ黒になったガマガエルがそんなことを言い、僕は小さな声で、うるさい、と言った。

ジョナさんは妄想である。その一言がなんとも重苦しく胸にのしかかってきた。

「……なんだ、ぼんやりして」

ジョナさんが眠そうな声で言った。

「お、起きてたのか?」

慌てて距離を取って僕は言った。

「……今起きた」

目を少しだけ開いて、またすぐに眠ってしまいそうな声でジョナさんは言う。

「明日から……お前が妄想から離れて、独り立ちできるようにする。色々、プランを考えてあるんだ」

夢見心地に、しかしどこか楽しそうに彼女は言った。

彼女の横たえた身体を夕暮れの日差しが綺麗な朱色に染め上げていた。窓の格子が、彼女に黒い影をひく。

静かな部屋に、外から虫の声がかすかに届いた。

この光景は美しく温かいなと思い、その思いと同じ分だけ、どうしてか胸が痛む。

「おやすみ……また明日」

彼女は言った。しばらくの間沈黙した後、おやすみ……また明日、と僕は答えた。

ちなみにその夜、理性と煩悩《ぼんのう》の間で揺れ続けた結果、一切眠ることができなかった。

宣言通り翌日から、ジョナさんの妄想撃退プランが火を噴き始めた。

早朝にはジョギングをさせられた。いつの間にやらスポーツウェアに着替えたジョナさんに蹴飛ばされながら、僕はひたすら走った。

そして五分ほどで白旗を揚げた。

「無理……もう無理！」

そう言う僕を、ジョナさんは汗ひとつかいてない顔で、情けないヤツめと見下した。

「なんで君は、僕の妄想のくせにそんなに運動ができるんだ！」

「私はお前の願望の集大成だからな。運動はできるんだ」

ジョナさんはそう言って得意そうに胸を張った。

しかしジョナさんにも苦手なものはあった。

例えば料理が、その代表的な一例だ。夕飯に中華料理を作ってやると宣言した十数分後にはフライパンから火柱が立った。

「うわ！　うわぁあ！　ジョナさん!?　なんで八宝菜を作って火柱が上がるんだ」

「わ、私が知るか!!　ど、どうしよう!?　どうしよう!?」

混乱の中バケツに水を入れてぶちまけ、部屋は凄まじいありさまになってしまった。

僕達は二人とも全身びしょ濡れになって、風邪を引くわけにもいかないと銭湯に行くことにする。

本当は自分の部屋の浴室を使いたかったところだが、妄想とは言え、自分の部屋の風呂《ふろ》を女性が利用するというのは、なんとも落ち着かない気持ちになりそうだったのでやめた。

風呂が家にある僕にとって、銭湯とは『贅沢』の代名詞のような存在だ。たかが風呂に入浴料四百五十円。細々とした仕送りで毎日を過ごす僕にとっては夢のような贅沢である。牛丼屋やファーストフードを利用すれば優に二食分の食費を上回る金額だ。それを、ただ広い風呂に浸かるために出費するのである。正直ためらいがないと言えば、ウソになる。

しかし……。

「銭湯!! 行ったことない！ 行きたい！」

激しいボディランゲージで表現するジョナさんのテンションの高さを見てしまうと、断るに断れなかった。まあ、妄想だから、ジョナさん分の入浴料は取られない、というのが救いだろう。

夜、暗い道を二人で銭湯に急ぐ。タオルで拭いただけの生乾きの身体には秋風は冷たかった。僕は肩をすくめ、しかしジョナさんは楽しそうに頭に洗面器を乗せてスキップするように歩いた。僕はその後ろをゆっくりと歩いた。

外灯は薄闇《うすやみ》にぽっかりと円形の舞台を作り、そこを歩くジョナさんを見ているだけでなんだか不思議な気持ちになる。

銭湯に辿り着くと、当たり前だが、彼女は女湯に入っていった。妄想だし、僕しか見えないのだから別に男湯でも、という考えが頭を掠《かす》め、自分の汚らしさに腹が立った。紳士というものは、誰に対しても、いついかなる時も、礼儀と節度を重んじるものである。

でも、少し想像するくらいは許してほしいところだ。

久しぶりの贅沢は、やはり骨身に染みた。その日はたまたま人がいなかったのか、貸し切り状態。見上げれば、大量に上る水蒸気に天井は白く霞《かすみ》がかって見えた。

多分、隣の風呂にはジョナさんが入っている。まあ、あくまで僕の妄想の上でだけど。一瞬だけ、ジョナさんが風呂に入っている姿を想像し、それからなんだか妙な罪悪感に駆られてざぱりと湯船に頭を沈めた。

顔を出し、なんだか面白くなって、僕は笑った。

「いきなり笑うな、気持ち悪いぞ！」

「いいじゃないか！　どうせこっちはひとりなんだ！」

壁の向こうに声をやる。

「こっちもひとりだ！　広い湯船は気持ちがいいな！　富士の壁画が見事だ！　ところで、石鹼《せっけん》を持ってくるのを忘れた。投げろ」

「なんだ、ドジなヤツだなあ」

自分の使っていた石鹼を壁の向こうに投げる。運悪くジョナさんの頭上に当たったらしく、きゃあ、と言う、普段の口調からは想像がつかないくらい可愛らしい悲鳴が上がり、それがなんだか嬉しくて僕は笑い、壁の向こうから、笑うな、と怒鳴るジョナさんの声が聞こえた。

湯上がり。

声を掛け合い、同時に風呂場の外へ出る。ジョナさんは緩《ゆる》いスポーツウェアを着て、銭湯の入口から漏れる黄色がかった光に照らされながら笑っている。

洗いざらしの髪はまだ湿り気を帯びていて、頰には少しだけ朱が入っている。

僕を見ると、笑みを大きくした。僕も、彼女を見て笑みを大きくした。

まるで昭和《しょうわ》の、貧乏な恋人同士みたいだ、と口にしかけて、からかわれるのも恥ずかしいからと途中で止めた。

「昭和の、なんだ？」

「なんでもない」

「なんでもないわけないだろう。なんだ」

そんな会話をしながら、湯冷めしないうちにと、早足で帰路につく。

ジョナさんとなら、たまの銭湯も悪くない。

ようするに僕は幸せだった。彼女が僕の妄想であり、実際には存在しないという事実を思い出さない限りは。


ジョナさんとの日々は僕にとって心地良いものだった。

家事は当番制にした。掃除やゴミ捨てなども二人で割った。しかしながら、料理だけはダメだった。ジョナさんのセンスは、男の僕から見ても壊滅的だ。スパゲティを茹《ゆ》でると言って、出来上がったものがどろどろの小麦粉の団子だったときには、何が起きたのかと我が目を疑った。

結局のところ、全ての家事は僕がひとりで全部やっていることになるんだろうが、錯覚でも思い込みでも、平等に仕事を分け合って、支え合って生活しているという感覚は悪くない。

ある日、ジョナさんが妙なことを思いつくまでは。

「さあ、いい加減観念したまえ。せっかく僕が渡りを付けてやったんだぞ」

「いーやーだぁああ!!」

砂吹ともみ合い、それをジョナさんがにやにやと眺める午後三時。

僕と砂吹とジョナさんは宇宙服を来ていた。

僕達は月面に立っていた。

地球からの照り返しによって、月の砂地は白く輝き、僕達の影をはっきりと映していた。

目の前には古びた謎の巨大月面ステーションが真っ黒な口を開けている。中にはもちろんエイリアンがいる。すでに何人もの宇宙飛行士がここに入り込んで帰らぬ人になっているのだ！　というのが今回の僕の妄想らしい。

「こんな恐ろしいところに入れるかぁ！」

「またお得意の妄想かい。贅沢を言っている場合ではないぞ。元々君が手助けしてくれと言ったんじゃないか」

「僕はそんなことを頼んだ覚えはないんだ！」

「何を言ってるんだ。アホだな、君は」

そう、ことの発端は昨夜、風呂から家に帰ってきたときのこと。

ジョナさんがいいことを思いついたと出て行き、その翌朝に砂吹がやってきたのだ。

砂吹の話では僕自身が、友人を作るべくあるサークルへの入会を希望し、その手助けをするよう、砂吹に頼んだというのである。

もう何がなんだかわからない。

僕にはそんな記憶は一切なかった。

「ジョナさん！　君だな！　君が仕組んだんだな⁉」

「何度も言うが、私はお前の願望の現れに過ぎない。私の行動はお前の潜在意識そのものだ。お前が入会したいと言ったんだ。それを後からお前が、私がやった、という妄想で記憶を上書きしてるということだ」

「そんなバカなことがあってたまるか！」

「それはこっちのセリフだな。自分で言い出しておいて何を今さら怖じ気づく」

砂吹は信じられないほどのバカ力を発揮し、僕を無理矢理、月面ステーションの暗がりの中へと引きずり込んでいく。

「がんばれー」

と笑いながら後ろをついてくるジョナさんが恨めしい。

月面ステーション（の妄想に覆われた部室棟）は非常に禍々しかった。無機質で薄暗い通路にはところどころ正体不明の粘液や肉片が転がっており、避けたチューブからガスが音を立てて漏れていた。

Ｂ級宇宙モノホラー映画の撮影現場にでも迷い込んだような気分だ。

「いやだぁああ！　帰るぅう！」

「ぜいたくを言うもんじゃない」

必死で暴れる僕の襟首を引っ掴み、砂吹は涼しい顔で進んでいく。

連れて来られたのは何を隠そう、例の極悪詐欺《ごくあくさぎ》組織、悪の巨頭たる推理小説研究会であった。

「さあついた」

砂吹がやっと僕を解放してくれた。

通路側に設置された窓の向こうには、ぬめぬめとした粘液に覆われた、クモとトカゲが合体したような、直立歩行するエイリアンが集団で蠢《うごめ》いている。

つまり何が言いたいかというと、超気持ち悪いのである。

「無理だ！　僕には無理だ！　エイリアンの仲間入りはしたくない!!」

「何がエイリアンだ」

と横から口を出したのは、宇宙服に身を包んだジョナさんである。

「大人しくサークルに入ってしまえ。サークルに入れば自動的に仲間を得ることができる！　しかも共通の趣味を持つ仲間達だ。どうして私はこんな単純なことに気付かなかったんだろう。うかつだった。しかし思い付いた私自身を褒《ほ》めてあげたい、偉いぞ私」

今まさにエイリアンの巣に放り込まれんとしている僕を尻目に、ジョナさんはうっとりと目を閉じ、自分の考えに酔いしれている。

「さあ、観念したまえ！」

「嫌だぁ！」

部室前で僕と砂吹が争っている中、外の様子が気になったのだろう。推理小説研究会のエイリアンのひとりがゆっくりと部室の扉を開いた。

嗅ぐだけで口の中が酸っぱくなるような、甘く苦い、生理的に受け付けない異臭がした。

相手が人間ならまだガマンはできる。しかし僕は、得体の知れない異星生物と交流を許ろうと思うほど度量が大きくない。

そんなことはＮＡＳＡにでも任せておけばいいのだ。

ドアを開けたエイリアンには名札が張ってあり、そこには『坂居』と書かれている。人間の時も苦手だったのに、エイリアンとあっては、即座に逃げ出したいレベルだ。

「やあ、よく来たよく来た。砂吹という男から聞いたよ。ウチに入りたいんだろう。我ら推理小説研究会をあそこまで追い詰めたのは君達が初めてだ。我々の味方になってくれるならありがたい！」

そう言って、エイリアンは僕を抱擁《ほうよう》した。粘液が身体にべとついて恐ろしく気持ち悪い。

全力で突き放したかったのだが、相手の機嫌を損なったが最後、一瞬で身体を溶かす強力な酸でもはきかけられそうなのでやめておく。

「まあ、入りたまえ！　部員を紹介しよう。とりあえずこの部室にいるヤツだけでいいかな。右から一年の鹿沼《かぬま》、二年の今市《いまいち》、三年の雀ノ宮《すずめのみや》だ」

一応頷いてみたものの、全部同じ、酸を滴らせるエイリアンにしか見えない。

「何か話すんだ。プロレス同好会のイベントで見せたあの根性はどうした」

ジョナさんが僕の背中をつっついて言う。

けれど、初対面のエイリアンと何を話せばいいのかなど思い付くはずもなく――。

「お邪魔します」

ふと、声が聞こえた。全身が震える。忘れもしないこの声は、と振り向けば、そこにはやはり安藤さんがいた。

白衣を纏《まと》った彼女だけは、やはりなぜか妄想に覆われることなく、清楚《せいそ》な立ち姿を惜しげもなく披露している。

「おお、君は我らの苦心作である脱出ゲームを力業で突破した雄々しき女性……」

エイリアンが少したじろぎながらいい、安藤さんは、あの時はどうも、とにこやかに言った。

エイリアン・坂居は安藤さんに向き直り、エイリアン独特の甲高い唸《うな》り声を上げた。

「何かね？ 結果が不服で、賞金を要求しに来たというなら、そんな望みは捨てた方が身のためだな」

「いいえ」

安藤さんはゆっくりと首を振った。

「入会希望よ」

誰もそんな言葉は予想していなかったのだろう。エイリアンに扮した坂居達も、宇宙飛行士に扮した僕達も口を開けて、安藤さんを見守る中、彼女は入会希望書、と記された用紙を机に置いた。

「この間のイベントのあくどいやり方、中々感心したわ。来年は私も一口嚙む！　私がいれば、今年の倍は利益を出してみせるわよ！」

安藤さんの力強い一言は妄想を吹き飛ばし、エイリアンに侵略された月面ステーションはあっという間にコンクリートむき出しのおんぼろ部室棟へと姿を変える。

「あら、君も入会？」

答える暇もなく、安藤さんは笑みを浮かべて僕の手を握った。

「よろしく！　一緒に悪の枢軸を目指しましょ！」

安藤さんの天使のような笑みに僕の理性は吹き飛び、何も考えられないまま、僕は頷いていた。彼女が望むなら魔王にだってなろうと、僕は心に誓う。

隣にいるジョナさんがふくれっ面で僕を睨みつけていた。

「お前の原動力はエロばかりか。この女がお前の手に届くわけがないだろう。お前は近い未来、絶望を味わうことになる。いい気味だ。エロ、スケベ、色欲魔」

彼女は延々と僕を罵倒したけれど、のぼせ上がった頭にはそれすら心地いいＢＧＭだったりした。

「やっぱり私は反対だ!!」

その日、サークルから我が愛しきボロアパートに戻って来るなり、ジョナさんはそう短く叫んだ。

そして湯を沸かし茶を用意して、卓袱台《ちゃぶだい》に僕の分とジョナさんの分の二つの茶を入れると、卓袱台を指差し、ちょっとそこに座れと強い口調で言った。

「あ、ああ、いいけど」

そう言って座ろうとすると——。

「違う！　あぐらじゃない！　正座だ、正座しろ!!」

「……なんで？」

「反省するときは正座と相場が決まっているからだ！」

「いや、特に反省するべき点が何も……」

「大有りだ！　バカ者め！」

ジョナさんはお茶を卓に力強く置いて言った。

「なんであのサークルに入会したんだ！　他にもたくさんサークルはあったはずだろう！　言ってみなさい！　怒らないから！」

「……いや、ジョナさんが入れって……」

「人のせいにするな、バカ!!」

怒らないって言ったじゃないか、と内心思いつつも、指摘すればさらに怒るような気がしたので、僕は肩を縮こまらせつつ黙った。

「大体、入会決定の動機が、あの女というのがダメだ。女を理由に入会すると、ロクなことがない。サークルというのはそういうところだ。狭いサークルの中でやたらと濃密な人間関係が構築される。どうせ入った直後にあの女に彼氏がいることがわかって、しかしすでにやめるにやめられず『なんで僕はこのサークルに入ったんだ。あの日に戻りたい！　清く正しく美しい女神のようなジョナさんの意見を素直に聞いていればよかった。ジョナ様お許しください』と一人寂しく、部屋で缶酎《かんちゅう》ハイを飲みながら嘆くに決まってるんだ」

さすがは僕から生まれてきた創造物らしく、素晴しくネガティブな発想だった。しかも的を射ているところが若干腹立たしい。

「人の不幸を事細かに想像するのは止めてくれ。あと君は自分を美化しすぎだ」

「何を言ってるんだ、お前には女性を見る目がない。……あ、あんな女より、私の方が百万倍は可愛らしいというのに！」

「はいはい」

「軽く流すな！」

夕飯の買い物に出かけるけどどうする、とジョナさんに尋ねると、彼女は、行くに決まっているだろう！　とやはり不機嫌な声で言った。ジョナさんはこの手の話になると大体不機嫌になるので、僕はあまり気にしないことにしている。

夕暮れの川べりを一緒に歩いて、近所のスーパーへと向かう。年輩者が犬を連れて散歩していたり、子供達の自転車が、僕の脇をすり抜けて行く。

笑い声だけが、後に残った。

スーパーに行くには意味のない遠回りになる道だけど、この道をジョナさんと歩くのは嫌いじゃなかった。

見上げれば、どこまでも高い秋の夕空に、薄く長い雲が線を引いている。

「今日はハンバーグカレーがいいな」

隣を歩いていたジョナさんが楽しそうに言う。

「何を贅沢な……。僕は焼き鯖《さば》がいい」

「おっさんくさ」

「や、焼き鯖のどこがおっさんくさいんだ！　謝れ、全国の焼き鯖好きに謝れ！　このお子様舌め！」

「ハンバーグカレーの素晴らしさがわからない人間の言葉など聞く耳もたない！」

ジョナさんはそう力強く言い切って、ふと思いついたように僕を見上げた。

「ジャンケンで勝った方が決めるのはどうだ？　私はパーを出す」

「いいだろう。……それなら僕はチョキを出す」

ジョナさんはにやりと笑って頷いた。

結果、僕はグーで、彼女はパーだった。

そんな感じにどうでもいいやりとりをしながら、スーパーに向かった。

そしてその途中、ジョナさんの足下をちらちらと見た。

そこには、彼女が実在しないという証拠がはっきりとあった。

彼女の足下から伸びているはずの影は、どこにもない。


サークルに入会したにも関わらず、僕の生活には劇的な変化はなかった。

なぜなら、僕はその後、ほとんど部室に立ち寄ることがなかったからだ。

サークル入会から七日後。

その日も、僕は授業を終え、少し迷った後で、キャンパスを去ろうとした。

「今日もいかないのか？」

不意に、右隣、少し下の方から声が聞こえた。顔を向ければ、ジョナさんが心配そうに眉をひそめて僕を見ていた。

「……うん、まあ。レポートとかやらなきゃだし」

僕は周りに気付かれないように小さな声で答えた。

「お前、入会してから一度もサークルに行ってないじゃないか」

「いいだろ別に。そんなに急に、人になじめるわけじゃないし。なんか、気が向かないんだ」

「なんで」

「……なんでも」

曖昧な答えを返した。実際僕にもよくわからない。最初は些細《ささい》な理由だった。部室に行ったところで、何を話していいのかわからないだろうことを想像して、行くのは明日からでいいかと思った。

最初は気楽な気持ちで行っていた保留が重なるうちに、どんどん行きづらくなっていった。

「友人ができるいい機会なんだぞ？　一度くらい行った方がよくないか？」

「行くなって言ったの、ジョナさんじゃないか」

「そうだけど……」

ジョナさんは不満そうに少し目を逸らした。僕は小さく息をつく。

妄想とは言え、女の子にこんな表情をさせるのは気分がよくない。

そう思って足を止めた。

しかし……行きづらい。入会したにも関わらず全くサークルに顔を見せていなかったのだ。今さらどの面下げて部室に顔を出せばいいのだろう。

そんなことを考えていると……。

「あ！　いた！　捜したわよ！」

張りのある声に、周りの学生達が声の主を捜した。当然僕もだ。

振り向けば、白衣を着た女性がこちらに向かって歩いてくる。

一瞬息を呑む。電柱の彼女が再び僕の前に現れたような気がしたから。

勝ち気そうで、エネルギーに満ち溢れた力強い視線で我に返る。

「あ、安藤さん」

僕が呟いたのと、ジョナさんが身構えたのはほとんど同時だ。

早足で僕のそばまでやってくると、安藤さんはぐっと顔を近付けた。

「やっと見つけた。捜してたのよ？　携帯も繋がらないし……」

悲しいかな、友達のいない僕は携帯電話を携帯していないことが多かった。

「今日、何か用事はある？」

「あ、ありませんけど……」

反射的にそう答えた瞬間、彼女はにんまり笑って僕の手を握った。

女性に手を握られている！　それもこんな美人に。たちまちのうちに顔が熱くなり、身体がかちこちに固まった。

「それならよかったわ。君に用があるの。ついてきて」

返事をする暇も与えず彼女は僕を引っ張って歩き始めた。

「ど、どこに行くんですか」

「内緒。いいところよ」

いいところ、という言葉の具体的な意味を探して、頭がグルグルと回る。

その一方、ジョナさんが、僕と安藤さんの周囲で騒ぎ続けていた。

「この男に何のようだ！　悪い虫め。私が追い払ってくれるわ！」

ジョナさんが思い切り彼女の背中を引っ張って、僕と安藤さんを引き離そうとするけれど、もちろん、僕の妄想である彼女に、安藤さんをどうこうできる力はない。

「おい、この女はお前を誘惑しようとしてるんだ！　下手をするとホテルとかに引きづり込まれて、いつの間にかキセイジジツがどうとか言い出すぞ！」

必死なジョナさんの言葉に僕は目を丸くし……。

「なんだって――いや、それはむしろ歓迎すべきことでは……」

などと深く考え始めた僕に、ジョナさんが仰け反った。

「ふ、不潔だ。近づくな。こっちに来るなケダモノめ！　安藤、お前も近づいてはいけない！　目が合うと妊娠させられるぞ！」

「僕はどんな特異な能力を持ってるんだ」

安藤さんは僕の視線の先を見つめて、怪訝そうな顔で首を傾げた。

当然僕は、なんでもないと慌てて作り笑いを浮かべた。

そして、安藤さんの言う『いいところ』はまるでいいところではなかった。

そこは当然のように、サークル棟の地下の、推理小説研究会の部室だった。

日の当たらない部室棟の無機質で不健康な電灯の下、坂居会長は元気にホワイトボードの前に立っていた。

「いいところって、ここですか？」

「そうよ？　他にどこがあるの？」

僕の質問に彼女は悪びれもなく言った。自分とジョナさんの下衆《げす》な思考に僕は恥じ入るばかりだった。

「まあ、こんなことだと思っていたんだ、私は」

「ウソつけ」

ぼそぼそと話し続ける僕の手を引いて、安藤さんが半ば強引に、部室の中へと引き込んだ。

近くにあったパイプ椅子が足にぶつかって、大きな音を立てる。

坂居会長以下、その場にいた数名の視線が僕に集中砲火を浴びせた。

「あ、あの……どうも……」

恐る恐る挨拶した僕に、坂居会長をのぞく全員が、僕を見て小さく頭を下げた。

なんとなく気まずい雰囲気だ。今すぐ、回れ右して帰りたいが、僕の腕を掴んだ安藤さんの手と、じっとこちらを見つめるジョナさんの視線に動くことができずにいる。

そんな僕の内心を知ってか知らずか、坂居会長は満面の笑みで僕を見つめる。

両手を広げて抱擁しようと迫ってきたので、思わず殴ってしまった。

「す、すす、すみません！　あまりの気持ち悪さに手が！」

「ふ……はっきり言う男だな君は」

彼は意味もなく勢いよく飛び起き、姿勢良く靴音を鳴らしてホワイトボードの前に立つ。その鼻からは赤い血が垂れていたが、彼は特に気にしていないようだった。

「よく来た！　バイトで忙しかったと、安藤さんから話は聞いているぞ。そういうことなら仕方がない」

思わず安藤さんを見ると、安藤さんは皆には見えないように、控えめにブイサインを作っていた。

美人な上に気が利く……惚れてしまいそうだ……。

「はん、なんだそのだらしない顔は、人間が怖いとか言ってたくせに！　言ってたくせに！」

ジョナさんが僕を指差して叫んでいたが、とりあえず無視して、僕は安藤さんに小さく頷いて見せた。

「さて、今ちょうど今後の重要な予定について話すところだ。この場にいない会員達には、あとで連絡を回しておくように」

坂居会長はそう言って、ホワイトボードに『魔王』と書いた。

唐突にして意味不明な単語に、僕は思わず眉をひそめる。

「諸君には、ちょっと魔王を倒してもらいます！」

彼のやたらと真に迫った声に、ファンタジー世界を舞台にしたロールプレイングゲームのファンファーレが鳴り響いた。

思わず目を見開いて周囲を見渡した。

妄想のスイッチが入ったらしい。ほぼ初対面の人々と共に、狭苦しい部室の中にいたからに違いない。

僕は奇妙な言動を取ってサークルの人々を驚かせないよう、細心の注意を払って辺りを見回す。

すでに、妄想は部室棟を覆い尽くしているようだ。おんぼろな部室棟は、中世ヨーロッパの、どこかの王宮と化していた。

部室の出入口には兵士が二人、槍を構えて立っており、部室は狭いながら、立派な調度品で飾られていた。壁に掛けられた巨大なタペストリーには、王国の歴史と思われる抽象的な絵が並んでいる。

さながら王様の隠れ部屋といったところだろうか。

周囲の人物に目をやれば、普段着の上に王冠を戴き、赤マントを羽織った坂居会長がいる。ふさふさと生えた白ヒゲが整った顔に大きな違和感を添えていた。

そして周囲には魔法使いやら武闘家やら戦士やらが並んでおり……ジョナさんはずんぐりむっくりな甲冑《かっちゅう》を着込んで、顔も見えなくなっている。ウサギの耳が兜《かぶと》に付いているのが面白くて、思わず吹き出してしまった。

「なんだ？　なんで私を見て笑うんだ！」

鉄の擦れる騒々しい音を立てながら、腕を上げて怒るジョナさんから視線を外し、安藤さんに目をやったとき。

息を呑む。

彼女はプリンセスだった。姫だった。わかりやすく言えば美しすぎた。

薄い青のドレスが非常によく似合っている。視線が合うだけで一歩後ずさった。この人と同じ部屋にいるだけで恐れ多い気持ちになった。

「どうかした？」

首を傾げる安藤さんに、僕は慌ててどうもしません、と答えたけれど、その声は見事にかすれている。

「不愉快だ。何が起こっているのかよくわからないが、非常に不愉快だ！　なんだお前、夏場に放置されたアイスクリームのようにとろけきったようなだらしのない顔をしてるじゃないか！」

ジョナさんの声に我に返り、僕は坂居会長を向き直る。

「あの……魔王を倒すって具体的にはどういうことなんですか？」

それとほぼ同時に声を出したのは、メガネの、柔和そうな表情の男性だ。

「よくぞ聞いてくれた！　勇者、雀ノ宮よ！」

呆れてものも言えない僕と、またか、と言わんばかりにため息をつくサークルの人々、そして興味津々という雰囲気の安藤さんといった諸々の視線をものともせずに、坂居会長はにやりと笑ってみせた。

「毎年恒例、推理小説研究会による特別合宿の話をする。心して聞くがいい、勇者達よ！」

合宿と魔王という単語が全くかみ合わないまま、その勢いに思わず頷きかけ、それから慌てて首を横に振った。

「いやだから、勇者とか魔王って言うのはなんの話なんですか？」

「『勇者が魔王を倒す』これが次期青学祭に向けたイベント企画のテーマだ」

話を聞いてみると意外なほどまともだった。

「この合宿では毎年、サークルの会長が考えた次期イベントのリハーサルを行うことになっている！　何せ毎年のイベントには莫大《ばくだい》な費用がかかるからな、まずは小規模な実地試験を行うことにしているのだよ」

Ｙシャツに赤マントの格好の会長がぐいと顔を近付け、射抜かんばかりの目で僕をじっと見つめた。

「青学祭のイベントで、我々が参加者から巻き上げた莫大な収益のほとんどは、次回のイベントに関わる諸費用に当てられる。ゆえに賞金を出してしまうと、次回からのイベントに大きな影響が出る。つまり、我々は絶対に参加者に賞金を奪われるわけにはいかない！　限りなくクリア不可能に近い無理難題を捻り出すことこそ、我々の急務であるというわけだ！」

彼が超至近距離でわめいたため、僕は彼の飛ばした唾《つば》を顔いっぱいに受けるという屈辱を受けることになった。

腹立たしくはあったがサークルを無断欠席していた負い目から怒るに怒れない。

「僕の貴重な参加費は『勇者が魔王を倒す』なんていうくだらない目的のために使われるんですね……」

ハンカチで顔を拭きながら、彼を睨みつける。二万円の恨みは大きい。

「こんなテーマになったのも、君達が原因の一端を握っているんだぞ？」

坂居会長は、僕の視線などものともせずに笑って身体を離した。

「今まではサークルの伝統ということで企画の内容自体を大きく変えることはなかったが、それも今回までのことだ！　なにしろ、君達によって、無敗だった我々の仕掛けが破られかけたのだからな！」

「そ、それはすみません」

「謝ることはないわよ。誇らしいことだわ」

お姫様になった安藤さんに言われると、それだけで気持ちが舞い上がる。

「しかし……推理小説研究会のイベントで『勇者が魔王を倒す』というのは、サークルの看板に偽りがありすぎる。名前をRPG愛好会とかに変える必要があるな」

甲冑姿のジョナさんが最もらしいことを言ったが、もちろん反応する者はない。

「というわけで、三日後キャンパス正門に集合だ！　合宿が我々を待っている！」

有無を言わさない口調で彼は言う。

サークル会員のひとりがその日はバイトが……と遠慮しいしい口を挟んだけれど、当然却下された。

「私は反対だ！」

「ジョナさん、最近そればっかりだな」

「若い男女が寄り集まって一夜を過ごすだと？　なんて淫猥《いんわい》なサークルなんだ！」

「君の思考の方がよっぽど淫猥じゃないか？　大体……サークルの会員になったからには、出ざるをえないだろ」

「何が出ざるをえないだ。なんだそのにやけた顔は、そんなに合宿が楽しみか！」

ジョナさんの言葉に、僕は慌てて表情を引き締めた。

「そんなことはない。できれば海に行きたかった。安藤さんの水着姿が見られたかもしれない」

「穢《けが》れたエロ男め。鯖に食当って、合宿に行けなくなってしまえばいいんだ！」

ジョナさんの言葉を意に介さず僕は焼き鯖の身をほじくっている。

サークルで簡単な説明を受け、アパートに戻る間、彼女はずっと眉根《まゆね》をひそめており、不機嫌をあからさまに主張していた。

「とにかく、そんなよこしまな会合、私は許しません！」

ジョナさんはそう言って、少なめに盛られたお椀《わん》の米を食べた。

「お前は僕の母親か」

僕は笑いながらそんな返事をした。

その夜のこと。安アパートの薄い壁と窓の向こうの、騒々しい虫の鳴き声を聞きながら、僕はなかなか寝付けなかった。

毎夜毎夜のことだが、そう簡単に眠れるわけがない。部屋を二つに分けたカーテンの向こうにはジョナさんがいる。寝息が聞こえたり、時折身じろぎするような音が聞こえてくる。

意識するなというのは少々無理な話だ。僕はその夜も柵《さく》を越える羊を数えたり、虫の声に耳を澄ませたりと落ち着かない時間を過ごした。

色々ともやもや考えていれば、よこしまな思いも頭をよぎる。たとえば、今ジョナさんはどんな寝顔をしているのだろうとか、カーテンを開けて、少し寝顔を見るくらいのことは同居人として、許されるんじゃなかろうか、とか。

そのうち、カーテンの向こうの寝息がぴたりと止まった。僕は思わず、息を潜めた。なにせジョナさんは僕の生み出した妄想だ。なんらかの方法で僕の思考を読んでいる可能性はおおいにある。

妄想とはいえ、いや、自分の妄想だからこそ、軽蔑《けいべつ》されるのは願い下げだ。

「……まだ起きてるか？」

カーテン越しにジョナさんの声がした。小さな声だったけれど、静かな部屋の中ではやたらと大きく聞こえた。

「お前、本当にあの女が好きなのか?」

ジョナさんは黙って待っていたけれど、どう返事をしていいのかわからない。

「……お前が、あの女が好きなら、私はそれに協力しなければいけない。お前とあの女の関係が深いものになれば、お前は現実を受け入れ、妄想にまみれた生活とも縁を切ることができるかもしれない」

ぼそぼそとした声は、どこか沈んでいるように聞こえる。

僕は何も言えなかった。彼女の声が、思いの外真剣で、それに応える心の準備はできていなかった。

それから、ジョナさんは自分のことをどう思っているのか、と聞きたくなる。

僕だってバカじゃない。ジョナさんが、僕に好意を持っていることくらい、なんとなくわかる。

でも……それは結局、僕がそういうふうにジョナさんを妄想しているからに過ぎない。ジョナさんはそのことをどう思っているのだろうか。自分の妄想に好かれようと考えるなんて、気持ち悪いと思っていたら嫌だな。

いや『どう思っているのか』ということについても、僕の妄想か。
電柱の彼女と一緒だ。
ジョナさんはいつか消えてしまう。
突然、今までの全てが夢の中の出来事だったというように。
深入りしてはいけない。
ジョナさんは実在しない。
僕にとって都合のいい、僕が作り出した妄想にすぎない。
「寝てるのか。まあいい、聞かれていたら、少し恥ずかしかったかもしれない」
彼女はそう言って、しばらくすると寝息が聞こえてきた。
僕は目を閉じ、小さな声で「おやすみ、ジョナさん」と呟いた。

秋晴れの午後——。
坂居会長がラジカセのスイッチを入れると、大音量でどこかで聞いた有名RPGのファンファーレが流れ出す。大学から程近い、学生用アパートが建ち並ぶ静かな路地に響くやたらと派手な音楽は強烈な違和感を残した。

目の前には場違いに派手な洋館、のようなラブホテルが堂々とその威容を誇示している。

集まった学生は四十名程度。どうやら会長の個人的な知り合いもモニターとして参加しているらしかった。

「えーと……これは？」

「今日は諸君に、ここで一夜を過ごしてもらう！　各々、熱い夜を過ごすように！」

坂居会長の言葉に、僕達は言葉を失った。

淫蕩《いんとう》サークルだと騒ぐジョナさんの言葉には、一理あったのかもしれない。ものすごく嫌そうな顔をする女性陣と、そして女性陣の手前もあって微妙そうな表情の男達。小さくガッツポーズをしている輩も若干名いる。

というか、こんなところで一体何をするというのか。熱い夜ってなんだ。まさかジョナさんの言う通り、このサークルは推理小説研究会とは名ばかりの、性に対して開放的な集まりだというのだろうか。まずい。心構えが全くできていない。いやしかし安藤さんがそれでいいと言うのであれば！

いきなり、背中を蹴られて、思わず息を詰まらせる。

背後にはふくれっ面のジョナさんがいた。

「……なぜ蹴る」

「自分の胸に聞け。お前は感情が顔に出過ぎだ。おっといけない。こんな淫《みだ》らな男と関わると私も何をされるかわかったものではないな」

と、皮肉のつもりか彼女は大げさに数歩下がってファイティングポーズを取った。

「で、ここで何をするの？　坂居君」

そう声を発したのは好奇心を隠しもしない安藤さんだ。

「以前言った通りだ。諸君には勇者になって魔王を倒してもらう。エキサイティングだろう？」

エキサイティング以前に、具体的に何をすればいいのか全くわからない。

坂居会長は悠然《ゆうぜん》とした調子で僕達を見回した。

「このホテルのオーナーはウチのＯＢでね、協力を申し出てくれたんだ。安心するといい。今日と明日は特別休館日。他の客と鉢合わせするようなことはまずない！」

僕達は互いに顔を見合わせて息を吐いた。どうやら最悪の可能性については配慮されているようだった。

それにしても推理小説研究会は意外と幅広い
「とりあえず、リハーサル会場にはここを選んだ。本番ではキャンパスの一棟を丸々借り切って行う予定だ」

「いくらなんでも、そんなワガママ通らないんじゃ……」

遠慮がちな僕の言葉に、彼は親指と人差し指で丸い印を作り、テレビに出てくるアイドル顔負けの爽やかな笑みを作って言った。

「マニー！」

周囲を見れば、唖然《あぜん》としているのは僕とジョナさんだけであった。なんとなく僕とは格が違いそうな安藤さんはともかくとして、他のサークルの人々は彼の言動をどうとも思わないんだろうか。

「驚いてるみたいだね。そのうち慣れるよ」

そう言ってくれたのは、すぐ近くにいた男性だ。

「慣れる？　ですか？　燕《つばめ》ノ《の》宮《みや》さん」

たしか、そういう名前だったはず。この間部室に行ったとき、僕が唯一名前を覚えた会員である。

「推理小説研究会の会長は代々、サークル随一の変人がなることになってる。そっちの方が奇抜な発想で青学祭のイベントを勝利に導けるからって」

「なんでもかんでもそこが中心なんですね」

「うちのサークルの重要な財源だからね。本の収集もとかく金がかかるものだし」

「でも……たかが本でしょう」

「今度サークルの『書庫』に行ってみるといい。ちょっと驚くと思うし、僕達が推理小説研究会って名乗ることも許してもらえると思うよ」

などと言われては、とりあえず頷くしかない。

「それから俺の名前は雀ノ宮だよ。副会長を務めてる」

名前を間違えていたらしい、慌てて言い訳をしようとしたとき、隣の人から何か機械のようなものを渡された。

真ん中に黒い画面があり、両サイドに十字キーとボタンが配置されている。

いくら僕でも、これがなんの装置であるかは即座に理解できた。

「これ、携帯ゲーム機ですか？」

発言したのは副会長である雀ノ宮さんだ。

「今回のイベントはハイテクだ！　ゲーム機を使ってイベントを進める！　そのゲーム機には、我が大学を代表するスーパープログラマー集団、電脳技研と共同で開発した試作プログラムが搭載されている」

ゲームという言葉に僕は思わず脇にいたジョナさんと目を合わせ、同時に首をひねった。ゲームをするなら、ラブホテルを貸し切りするに必要性はどこにもない。

「君達、ラブホテルにゲーム機は必要ないと思ってるな？　諸君はそんなことだから異性にモテないんだ!!　そのゲーム機が重要なアイテムとなることは、直にわかるだろう。とりあえず、それを持って受付に来なさい！」

坂居会長はいまだファンファーレを高らかに奏で続けるラジカセを肩に担ぎ、さっさとラブホテルの中へと消えていった。

その場にいた全員の視線が、雄弁に物語っている。『いや、受付に来なさいって言われても』である。

他の人々がどうかはわからないけれど、ラブホテルなど入ったことがない。ここに入ることがあるとすれば、大人の階段を駆け上がるとき、いつかその時が来るはずだ！　と大学からの帰り道に、このホテルを見るたびに決意を新たにしていたものだが。

まさかサークル活動でこんなところに来るとは。

「じゃあ、行きましょうか。こんな大人数でラブホの前ってのも目立つしね」

意外にも最初に動き出したのは安藤さんだった。彼女のもっともな言葉に心動かされたのか、他の会員もだらだらと動き始める。安藤さんは入り慣れているのだろうか。

いや、あれほど魅力的で大人な雰囲気の女性だ。僕と同列に比べるのは失礼だ。きっとラブホテルにだって行ったことくらいあるだろう。

しかしだとしたら、誰と行ったのだろう。

まさか、砂吹じゃないだろうな。

などと考えていると、ジョナさんが剣呑《けんのん》な目で僕を睨みつけた。彼女は何も言わずに、強引に僕の手を引っ張ってラブホテルへと進んでいく。


恐る恐る入口からフロントに入った時点ですでに息を呑んでいた。

こぎれいな白いエントランス。大理石を使っているのか、そこら中が光を反射して輝いていた。思ったより清潔感があり、僕なりのラブホテル観が根底から揺さ振られる。ここは本当にラブホなのかと、フロントの正面にあたる壁に目をやると、部屋の内装を写したパネルが並べられており、その下には『空室』の文字が輝いていた。

この辺りはイメージ通りだ。しかし原物を見ると、何か生々しさを感じてしまう。

手を強く握られて、ジョナさんの存在を思い出した。彼女を見ると、真っ赤な顔で、僕の背に少し隠れるようにして辺りをせわしなく見回していた。さすが自分の潜在意識だけあって、僕の現在の心境を的確に表現していた。

「ふん、ここがラブホテル。まあ、私は大人の女だからな、何度も来たことがある」

「すぐわかるウソをつくな」

ウソじゃない！　とムキになるジョナさんとのやりとりに少し気が楽になる。小さく息を吐いていると、パネルの前に立つ一組の男女の会話が聞こえてきた。

「そう言えば最近ここ、あんまり来てないよな」

「ちょ、ちょっと！　周りに聞こえるよ？」

こそこそとした声だった。幸せそうな雰囲気が気に食わない。どうやらサークルの中にはカップルが存在しているらしい。「ほら、あの部屋に入ったんだ」「たーくん!!」などという会話を聞いていると、彼方《あちら》と此方《こちら》の状況を鑑みて、死ねばいいのにと思わざるをえない。隣で、雀ノ宮さんの死ねばいいのに、と呟く声が聞こえた。百万の味方を得た思いだ。

そう、この場において僕達人類は、あからさまに二つの階級に分断されていた。つまり、ラブホテルに入ったことがある者と、ない者。それ以外の分類は、今ここではなんの価値も持たない。周囲の雰囲気がそれを雄弁に語っている。

ちょっと気後れしている人々と、どこか余裕な表情を浮かべている人々。もちろん僕は前者であり、雀ノ宮さんも同じく前者であるらしく、この点でも好印象だった。

「で、何をすればいいわけ？　坂居君はいなくなっちゃうし」

安藤さんは腰に手を当ててフロントを見つめている。この人はどちらのグループに所属するのかよくわからない。

「お答えしよう」

突然、天井から声が鳴り響いた。どうやら館内アナウンスを使用しているようだ。

「再三説明している通り、君達には、魔王を倒す勇者になってもらう。舞台はこの、魔王が住むと言われる謎の迷宮『鬼刻城《きこくじょう》』にて行われる」

迷宮っていうかラブホテルじゃん、ときっと誰もが思っただろうが、口にするほどのことでもないのか、皆黙ったままだ。

「しかし、最上階にいる魔王に辿り着く階段には無敵のドラゴンが待ち受けている！　まあせいぜいレベルを上げて戦うことだな」

「……ラブホテルに無敵のドラゴン……ブルース・リーか？」

「いや、本物のドラゴンだ」

この人は大丈夫なんだろうか、そんな懸念《けねん》に答えるように、フロントに声が響く。

「ヒントは拡張現実だ。君からヒントを得たんだよ。新会員君。まあせいぜい頑張ることだ。与えられた数々の障害を乗り越え、僕の元まで来られたものには、魔王である僕自身が直々に相手をすることになるだろう」

僕からヒントを得る……というと、僕の妄想から？　どういうことだ？　そもそも拡張現実ってなんだ？　僕が首を傾げている間にも、館内アナウンスは坂居会長の声を伝え続けている。

「次に、恒例の賞金について説明しよう。いち早く解けた者、すなわち優勝者には、賞金三十万円！　今回は副賞として、男性には僕が用意した有名女子大美女達との合コンへの参加権が与えられる。女性陣も安心したまえ！　一年先まで予約でいっぱい、三つ星有名レストランスイーツビュッフのペア招待券を用意している！　それぞれ頑張ってくれたまえ！」

会長の声が部屋中に響き渡った。短い沈黙の後、部屋がどよめいた。

「賞金に合コンか、おいしいな……」

「有名女子大美女との合コン⁉　俺の彼女いない歴にもついに終止符が！」

「三十万、そして三つ星レストランのビュッフェ……天は私を試そうと言うの⁉」

右を向いても左を向いても、興奮気味の声が聞こえてくる。サークルの人々がここまで熱狂しているということは、どうやら今までも会長は優勝者にきちんと賞品を受け渡しているらしい。

「ふん、くだらない。浅ましい人間ばかりだ」

「有名女子大美女と合コン……つまり、合同コンパニー……まさか、友人ができる前に恋人ができることになるなんて……」

僕は思わず呟き、ジョナさんにスネを蹴飛ばされた。

「叶《かな》う望みのない欲望など口にするな。みっともないと思わないのか。性欲に打ち克つこともできない浅ましい動物め！　お前なんて合コンに出たところで、異性どころか同性の話し相手も見つけられずに、隅っこでひとりチビチビ酒を飲む、わびしい時間を過ごすに決まってる！」

ジョナさんの的確かつ腹の立つ意見に、僕は少し泣きたくなった。

「そ、そんなのやってみなきゃわからないだろう！」

「わかる！　それよりビュッフェだ！　スイーツだ！　スイーツこそ全力を出すに値する目標だ！」

「ジョナさんだって食欲に負けてるじゃないか」

興奮するジョナさんに呆れて言ったとき、ふと周囲に気がつく。

すでに周囲には人がいない。

「いけない！　くだらない言い争いをしている場合じゃなかった。おい、もう私達しかいないぞ！　三十万とビュッフェが!!」

「三十万と合コンが！」

「欲にまみれた連中に、気高い我らが遅れを取るわけにはいかない！」

「その通りだジョナさん！」

僕達は同じタイミングで頷き合い、ラブホテル内部へと足を踏み入れた。


そして、入るなり僕達は唖然とした。

ホテル内部では異様な光景があちこちで見られた。

初めてのラブホテル。気合を入れて乗り込んだわりに、建物自体には今のところ珍しさはない。白い壁紙の通路には赤い絨毯が敷き詰められドアが並んでいるのみだ。

問題は別のところにある。

一瞬自分が妄想を見ているのかと思ったがそうではなさそうだ。というより僕以外の全員がおかしくなっているように見える。

サークルの人々が、ゲーム機の画面を覗き込みながらホテルの通路を走り回り、そしてホテルの部屋から出てきたりする。

中には鬼気《きき》迫る表情で、待ちやがれと叫びながら走っていたり、何者からか慌てて逃げだそうとしている者もいる。

皆、まるで妄想に追い立てられる僕のような姿だ。

「な……何が起きてるんだ」

「私に聞かれても……」

ジョナさんも目を丸くして状況を見守っている。

手に持ったゲーム機を見つめる。みんながゲーム画面を覗いている以上、これに状況を把握する何かが隠されているんだろう。

ゲーム機のスイッチを入れると、画面が明るくなった。

「あれ、僕達の見ている景色と同じだ……」

ゲーム画面の中には目の前のラブホテルの通路が映し出されている。

よく見ればゲーム機の背面にはカメラが取り付けてあり、そのカメラに映ったものを画面に映し出しているらしい。

「なんだ？　これがゲームなのか？」

横から画面を覗き込んで、ジョナさんが言う。

「とにかく何かボタンを押せば、反応があるんじゃないか？」

彼女の言葉を肯定するように、画面に『ＳＥＬＥＣＴボタンを押してください』という文字が浮かんだ。

ジョナさんと顔を見合わせた後、言われた通りにボタンを押してみる。

妖《あや》しげなＢＧＭと共に画面は暗転し……画面中央にスポットライトが当たった。そこには坂居会長が後ろ向きで立っている。

彼は、ゆっくりと芝居っ気たっぷりにこちらに振り返った。

『愚かで浅はかな君は、今ようやくこのゲームの入口に辿り着いた。この映像は最後にゲーム機を起動した者のみに流れるようプログラムされている。つまり君は推理小説研究会一のアホということだ。君レベルのアホになると、いかな僕でも救いようがないな』

今すぐ坂居会長を捜し出し、このゲーム機で横っ面をぶん殴りたい衝動に駆られたが、合コンと三十万のために僕は耐えた。

『ここまでくれば、ロクに使われることもなく腐りつつあるその脳味噌《のうみそ》でも理解できるだろう。今回のイベントの舞台は【拡張現実】、現実と妄想の狭間《はざま》だ。このラブホテルは、君の持つゲーム機を媒介《ばいかい》にして、モンスターのさまよう【鬼刻城】と化すのだよ。この城の主である魔王を、制限時間内に誰よりも早く倒すこと。これがこのゲームの目的である』

彼が語り終えると、画面の左上に、デジタルの数字が表示される。

【残り29h32m15s】

そう記された数字が刻々と減っていく。これが残り時間、ということか。二十九時間というと、明日の夕方まで、ということか。意外に時間がある。

『さて、このゲームにはそれほどルールがない。以下を参考にしたまえ。では、せいぜい頑張ることだな。さらば』

スポットライトが消え、坂居会長の姿が見えなくなるのと同時に、画面中央に文章が表示された。

・ここに記された内容はゲーム内における絶対の真実である。
・このゲームはアクションRPGである。
・ゲーム画面を通してホテルにいるモンスターを見つけることができる。
・ゲーム機を使い、敵を倒してレベルアップすれば強くなれる。
・屋上へ向かう四階の階段には無敵のドラゴンがいる。戦うときは覚悟が必要。

・階を上がるほど、モンスターは強くなる。
・出現するモンスターの数は限られている。
・鬼刻城にはモンスターの他に様々なアイテムが眠っている。ぜひ活用しよう。
・敷地から出るとゲームオーバー。
・外部と連絡を取るとゲームオーバー。
・ゲームオーバーは失格を意味する。ゲームへの参加権はなくなるので注意。
・失格した者はゲーム機をその場に残して退散せよ。参加者への関渉《かんしょう》は罰金一万。
・注意。プレイヤーを攻撃することもできるので、誤って攻撃しないように。
・各プレイヤーとは経験値やアイテムのやりとりをすることが可能。
・自分と同じ階の各プレイヤーの位置は、レーダーで把握できる。

そこまで表示されて、画面が停止した。

「合点がいった。つまり、このラブホテルをダンジョンに見立てて、ＲＰＧしろということだな」

ジョナさんが顎を撫でながらそんなことを言う。

どっちにしろ、どこにも推理小説研究の要素がないことはよくわかった。

この団体は本格的にサークル名を検討する必要があるのではないだろうか。

「……でも、どうやるんだ？　画面には目の前の景色しか映ってないじゃないか」

「アホウめ、これは拡張現実を利用したゲームだ」

「拡張……現実？」

「記憶力もないのか、このコンチキチン。一昨日夕方のニュースでやってただろう。最近流行っているという話だったじゃないか」

額に手を当て、これ見よがしにため息をつくジョナさんにイライラしつつも、僕は作り笑いを浮かべた。とにかく今は少しでも情報が欲しい。これも三十万と合コンのためだ。

「つまり、現実の世界とバーチャルな世界の融合だ。現実が拡張されるわけだから、拡張現実というわけだな」

「……より、わけがわからない」

「しっかりしろ。私の記憶はお前の記憶なんだぞ？」

そんなことを言いながらも、僕にモノを教えるという立場が気に入ったのか、ジョナさんは得々と語り続ける。

「このゲーム機はGPSの要領でそれぞれ位置情報を発信受信している。他のプレイヤーの位置がわかる、というのもこの働きのせいだろう。そしてこのゲーム機がある地点に近づくと自動的にプログラムが働いて、モンスターと戦闘したりすることになる、はずだ。多分」

「……悪い。全くわからなかったので、もう少しわかりやすく説明してくれないか」

「お前にはもう二度と説明しない」

ムッとしてそんなことを言うジョナさんに、僕は少し笑った。

「とにかくやってみればわかるはずだ」

最もだ、と思いつつ、カメラモードになった画面を再び覗く。画面越しに眺める景色は、代わり映えのないただの廊下。拡張現実というよりただの現実だ。

しかしながら、どこにモンスターが隠れているかはわからない。慎重に移動を始めようとしたそのとき。

天井から悲鳴が聞こえた。恐らく二階からの声だ。僕達は顔を見合わせ、階段を駆け上がった。

二階も一階と同じく、白い壁紙に赤い絨毯だ。

そして、絨毯に手をついている男がひとり。どうやら彼が悲鳴の主らしい。近づくと、彼は悔しそうに顔を上げた。

「くそ……三十万と合コンが！　また彼女いない歴更新かよ！」

よほど合コンに行きたかったのだろう。彼は少し泣いていた。彼の気持ちはよくわかる。心からの同情を覚えた。しかし、同じ轍《てつ》を踏みたくはない。バカばかりか、と呆れる冷酷なジョナさんの横で、僕は周囲を見回した。

ここで彼はやられた。となれば、この辺りに危険があるはず。

「一体、何があったんですか？」

こちらの問いかけに、彼は口を開いたが、結局何も言わず、背中を丸めて立ち去っていった。そうだ、マニュアルに載っていた。ゲームオーバーすると他の参加者に関われなくなり、関わった場合は罰金になったはず。

つまり、自分でなんとかしないといけない。

恐る恐るゲーム画面を構えようとしたそのタイミングで、ゲーム機から大音量で、獣の咆哮《ほうこう》らしき音声が流れた。

驚いて思わずゲーム機を取り落としそうになり、慌てて体勢を取って画面を覗くと。

そこには、通路狭しと立ち塞がる巨大なミノタウルスの姿が……。

筋肉の鎧《よろい》をまとった大男。その頭は怒り狂った牡牛《おうし》そのものだ。

あまりの迫力に思わず顔を上げ、直接その場所を見るが、何もいない。しかしもう一度画面越しに覗いてみれば、ミノタウルスがのっそりと近づいてくる。

これが拡張現実というヤツらしい。

経験値などひとつも稼いでいない、レベル一の僕達に勝てるはずがない。

僕は即座に逃げ出した。追いかける重そうな足音が、スピーカーから響き渡る。

「ちょ、ちょっと待て！　相手はゲーム機の中の存在だぞ！　逃げてどうにかなるものなのか⁉」

「わ、わからないけど！　近づいたらモンスターが出てきたんだ！　逃げたら消えるかもしれないだろ！」

そう言って、廊下を走る。次第に足音は遠ざかり、ほっと息をつく。

「これは、場合によってはいきなりゲームオーバーになる可能性もあるな」

足を止めて息を整える僕の横でジョナさんが考え考え言った。余裕の表情だ。

僕の被造物のくせになんで身体能力があるのか。いや、ひょっとして僕の無意識にある願望が形になったということなのか？

そんなことを考えていると、再び、スピーカーから咆哮が聞こえた。

慌てて画面を覗くと、今度は目の前に身の丈二メートルはある、三つ首の犬が立っていた。息をするたびに口から炎が漏れている。

ケルベロス。こちらも、限りなくリアルだ。

僕は無言で数歩後ろに下がり、そして、奇声を上げて全力で逃げ出した。しかしながら背後にはまだミノタウルスがいるはず。

僕は慌てて立ち止まり、ジョナさんが僕の背中にぶつかって奇妙な声を上げた。バランスを崩し、絨毯の上に折り重なるように倒れる。ゲーム機からは二種類の唸り声が聞こえてくる。

絶対的危機にあって、妄想のスイッチが入ったようだ。

ラブホテルの通路は一瞬にして薄暗い洞穴《ほらあな》へと姿を変える。

そして前方と背後には肉眼でもはっきりと見えるケルベロスとミノタウロス。

「うひい」

思わず意味のない声を上げた、すでに隣ではジョナさんがずんぐりむっくりな甲冑姿へと変わっている。ファンタジーに出てくるドワーフの騎士、といった雰囲気だ。

唯一違うのは、兜を着けていない彼女の顔が、ドワーフと言い切るには細すぎることと、やや整いすぎていることくらいか。

ケルベロスとミノタウロスはじりじりと近づいてくる。

僕は立ち上がり、ゲーム画面を見つめて何か方法を探す。

画面の右端にいくつかマークがあるけれど、使い方がさっぱりわからない。

ただ呆然と、洞穴に立ち尽くし、二匹の伝説的な怪物に襲われようとしたそのとき、僕は襟首《えりくび》を摑まれ、背後の暗闇へと引きずり込まれた。

そこは橙色の間接照明に照らされた部屋だった。

我に返り、すぐにゲーム機を確認する。しかし、もうモンスターの唸り声は聞こえてこない。

「どうやら一部の部屋は安全地帯になってるみたいよ？　部屋の中では一切のバトルが禁じられてる」

不意の声に顔を上げれば、そこにはお姫様の格好をした安藤さんがいた。薄いブルーのドレスに手袋がよく似合っていた。

「安藤さんはやっぱりプリンセス仕様なんだな……」

思わず呟いた僕の言葉に、安藤さんは気をよくしたように笑い、ジョナさんは気を悪くしたように僕を睨みつけた。

「プリンセスか、ちょっとクサいけど、悪い気はしないわ」

安藤さんはそう言っていたずらっぽく僕を見つめる。

「危うくやられるところだったわね」

「……いや全く、三十万が夢と消えるところでした」

そう言って立ち上がり、部屋の様子に言葉を失った。

天井に輝くのは、意味不明なステンドグラス。足下にはよくわからないスモークが焚《た》かれている。ソファが二つと卓がひとつ、そして円形のベッド。浴室はガラス張りになっており、外から入浴中の行動を細かく観察できるようになっていた。

なにより部屋の中央で圧倒的な存在感を放つ、メリーゴーランドから目が放せない。

「……お、おい、なんでホテルの部屋に回転木馬が鎮座ましましてるんだ」

「……僕が聞きたい」

部屋が醸し出す異様な雰囲気に怖じ気づいたのか、甲冑姿のジョナさんがジリジリと後退した。頬は少し赤くなっているだろうか。

「な、なんだかいたたまれない！」

ジョナさんが叫び、僕も無言で頷く。そんな様子を見てとったのか、安藤さんはいたずらっぽく笑って見せる。

「すごいのよ、このメリーゴーランド」

そう言って壁にあったスイッチを押すと、騒々しい音楽と共に、メリーゴーランドがガチャガチャと機械音を立てて動き出す。

「な、なんの役に立つんですか？　これ」

さあ？　と彼女は肩をすくめた。

「なんか面白い部屋が多いみたいね。フロントの部屋の写真見なかった？　他にも色んなバリエーションがあったわよ？　学校の教室っぽい感じとか、警察署の留置所っぽい感じとか」

「人間の性への探求というのはすごいな」

掠れた声のジョナさんに、僕もゆっくりと頷いた。

「さて、さっきも言ったけど安心していいわよ。ここには君と私の二人だけ。隠し事はなしにしましょ」

安藤さんとラブホテルの部屋に二人きり、というシチュエーションに雷が落ちたかと思われるほどの衝撃を受けたけれど、私もいるぞ、二人じゃないぞ！　忘れるな！　というジョナさんのわめき声で我に返った。

「あの、どうして僕を助けてくれたんですか？　賞品を手に入れられるのはひとりだけです。競争相手を助ける必要があるとは思えないんですが」

「いい着眼点ね。もちろん理由があるわ。協力者を募る必要があったのよ」

ドレス姿の安藤さんは回転するメリーゴーランドの前で僕を振り返った。

「ぶっちゃけ、このゲームは正攻法でクリアできるようにできてないわ」

安藤さんはいきなりそう言い切った。

「……青学祭のときのことを考えると、薄々そんな気がしてましたが、なんでまたそんなにはっきり言い切れるんですか」

「モンスターの数よ、一階のモンスターは私の見た限りじゃ百匹程度だった。あっという間に狩り尽くされてしまったわ」

「……もうですか？」

僕の問いかけに、彼女は頷いた。

「みんな必死だもの。ま、しょうがないわよね」

彼女はメリーゴーランドのスイッチを切ると、テーブルに置いてあった小さな手帳とペンを引き寄せ、右にいくに従って徐々になだらかになる放物線を描いた。

「私、今レベル三なんだけど、ここまでにかかった時間とレベルアップの関係から数値を取って、今後のレベルアップ達成時間を予測すると、レベル三十までにちょうど制限時間いっぱいの二十八時間かかる計算になるの」

「……レベル三十までいければ、無敵のドラゴンを倒せるんですか？」

「その辺はまだ確認してない。二階に上がった段階でモンスターの平均レベルが十上がった。四階でまともに戦えるレベルになるには、レベル四十になるまで頑張る必要がありそうね」

　彼女は困り顔で笑う。美人は苦笑いさえ様になると、僕は妙なところで感心した。

「とりあえず、まだ四階まで到達している連中はいないんじゃないかしら。他の会員も二階の高レベルモンスターに恐れをなして、この部屋と同じような安全地帯に退避してるみたい。正直にらみ合いね」

「その間にも制限時間はどんどん迫る……」

「そう、その通り。モンスターの数もかなり限られてるしね。厳しい戦いだわ」

「ちょっと待て、確かに難易度は高そうだが、だからと言って無理と断言できるほどの状況でもないだろう。時間をギリギリまで使って、慎重にレベルアップしていけばいい」

　ジョナさんの発言に僕も頷き、彼女の言葉をそのまま安藤さんにぶつけてみる。

「問題はバッテリーよ。知ってる？　このゲーム機の最大連続稼働時間は八時間が限界なのよ」

「え、じゃあ実質、このイベントの制限時間って——」

　慌てて携帯電話の画面を確認する。現在十三時だ。

「最大でも二十一時までってことですか？」

安藤さんは、何もしなければね、と頷いた。

「制限時間二十九時間って、詐欺じゃないですか！」

「そうとも言えないわ。推理小説研究会に入った後、今まで彼らがやってきたイベントの記録を調べてみたんだけど、クリアするのが困難でも、クリア不可能な課題はひとつもなかったわ。あとで難癖をつけられなくするようにでしょうね。これも多分、その類よ。無理なゲームではない、はず」

この間の推理イベントでプロレスをさせられた身としては本当かよと思いたくもなるが、安藤さんのような美しい人の言うことだと、内容の是非に関わらず信じたくなるから不思議だ。

「まずは、無敵のドラゴンがどの程度無敵なのかを計る必要があるわ。さっさと確かめて来ましょう」

「だ、ダメですよ！　安藤さん！」

ドアを開ける安藤さんを僕は慌てて引き留めた。

「外は危険な魔物でいっぱいです！　やられたら三十万と合コンが！」

「あら、策なら考えてあるわよ？」

そう言うが早いか、安藤さんは驚くべき速度で、僕からゲーム機を奪い取った。

戸惑う僕を、少女のような瞳で見つめて、安藤さんは言った。

「このゲームの神髄は、【いかにシステムを出し抜いて目的を為すか】にあると思うの。正攻法で攻略が難しいなら、裏技を使うまでよ」

そう言って、安藤さんは僕のゲーム機をしばらくいじり、その後スイッチを切った。

「モンスターがうようよって言うのはゲームの中の話でしょ？　拡張現実なんて変な言葉で誤魔化してはいるけど、現実は現実、ゲームはゲームよ。スイッチ切っちゃえばこっちのもんだわ」

言われてみれば至極最もなことを口にして、お姫様の格好をした安藤さんが洞窟《どうくつ》の中を歩いて行く。その後ろには、いつの間にかローブを纏い、貧弱な魔法使いと化した僕、そしてしんがりには、寸胴《ずんどう》な甲冑に全身を包んだジョナさんが続いた。

ゲーム機のスイッチを切ってしまえばモンスターに遭遇することもなく、ついでにバッテリーの時間も稼げる。

しかし、ゲームだとわかっていても、妄想によって巨大な洞窟と化したラブホテル

を照らしている。

の静寂は不気味だった。

硬い岩の床に靴音が響き、天井にところどころに張り付いた淡く光るコケが行く先を照らしている。

肩に力が入っているのが自分でもわかった。

これから、無敵のドラゴンと対峙する。うまく立ち振る舞わなければ、三十万と合コンが泡《あわ》と消える。緊張しないわけにはいかなかった。

不意に、遠くから叫び声が聞こえた。安藤さんも振り返ったところを見ると、これは僕の幻聴《げんちょう》じゃない。

「……始まったわね」

「始まった？　何がですか？」

「さっき部屋で確認したんだけど、プレイヤーが不自然な形で減ってるの、誰かやると思ってたけど、案外早かったわ」

彼女はそう呟いて僕を見つめる。

「急ぎましょ。他のプレイヤーにこっちの手の内は明かしたくないしね」

安藤さんの言葉と共に、僕達も再び歩き出す。

淡く光るクリスタルが壁面や天井から覗く階段をどんどん上っていき、屋上の階段へと続く四階の踊り場に辿り着く。

そしてそこは、巨大な岩壁で仕切られていた。

壁面には光る紋様《もんよう》のようなものがびっしりと記されている。

「なるほど、行き止まりね。防火扉に細工したみたい」

壁面の一部手前の空間に九つの文字が浮き出ている。おそらく防火壁に備え付けられたテンキーだろう。

「うーん、この間みたいにバールでこじ開けて前に進むわけにもいかないか」

「ふむ、無敵のドラゴンを倒して暗号を手に入れる必要がある、ということだな」

ジョナさんがぺたぺたと壁に触れながら僕の呟きに反応した。

「さて、次に重要なのは無敵のドラゴンが、どの程度無敵なのかってことね」

「どうやって調べるんですか？」

ジョナさんが壁を調べるのを眺めながら、僕は尋ねた。

「私のゲーム機には幾つかのアイテムがストックされてるの。そのひとつが、相手のレベルやヒットポイントを見抜く分析メガネというアイテムよ」

アイテム、確かにそんなことも書いてあった気がする。モンスターと同じようにホテル内に散らばっているとか、そういう話だったはずだ。

「モンスターを倒さないでアイテムばかり探してたからね。結構アイテムはあるの」

「愚かな女だ」

不意に、勝ち誇ったような顔でジョナさんが言った。

「このゲームはアクションRPGだ。レベル三の安藤がゲームを起動した瞬間、ドラゴンにやられてお終いだぞ」

無意味に偉そうなジョナさんの言葉をそのまま伝えると、安藤さんは楽しそうに笑って頷いた。

「君、いいところに気付いたわね。でもね、その辺は対策済みよ。低レベルのモンスターを相手にアイテムの研究をしておいたの、アイテムにはそれぞれ効果時間があって、スイッチを切っている間は当然、効果時間が減らないから、ドラゴンがいると思われる場所に向けてゲームのスイッチを入れて、すぐに切れば、ドラゴンのデータが手に入るって寸法よ」

「……ふ、不意を打たれたらどうするつもりだ！　スイッチを切る暇もないかもしれないじゃないか！　全く、全くこれだから素人は！」

名探偵にいちゃもんをつける無能な刑事のように、真っ赤な顔でジョナさんは反論する。では君は何の玄人《くろうと》なんだとツッコミたい気持ちに耐えながら、僕は彼女の言葉をそのまま伝えた。

　それも大丈夫、と彼女はにっこり笑った。

「君についてきてもらったのにはわけがあるの」

「あ、何か嫌な予感が」

　安藤さんは楽しそうに笑って、僕のゲーム機を指差した。

「君のゲーム機にはモンスターを引き寄せるアイテムを使用させてもらったわ。ようするにオトリになってもらいたいのよ」

「……やっぱりですか」

「一度は私に助けられた命、私のために役立ててほしい。お願い、君しかいないの。私の三十万のために犠牲になって！　情報は君にも教えてあげるから！」

　安藤さんは僕の手を握り、見上げるように言った。女性の手というものはかくも柔らかく、温かいものなのかと驚愕《きょうがく》する。

　プリンセスそのものの安藤さんに手を取られ、僕の騎士道精神はラブホテルの温度を急上昇させかねない勢いで燃え上がった。

「任せてください！」

「お、おい！　何を言ってるんだ！　お前の方が圧倒的に危ない役目じゃないか！

あの女はお前を利用しようとしているんだぞ！　ビュッフェは⁉　私のビュッフェは⁉」

「ビュッフェより愛だ」

僕は安藤さんに聞こえないようにひそひそと言った。ジョナさんは思いっきり眉をひそめて僕を揺さ振った。

「しっかりしろ。こいつは己の三十万のためにお前を利用しようとしてるんだ。ルパンで言うなら峰不二子《みねふじこ》だぞ⁉」

「それなら僕はルパンになる。男には戦わなきゃいけないときがあるんだ！」

「何を言ってるんだ！　バカなのか⁉」

呆れたようにジョナさんは言うが、安藤さんはキラキラした目で僕を見ている。

「ずいぶん激しい貧乏揺すりだけど、準備はいい？　君だけが頼りなんだから」

断言してもいい、ドレス姿の美女に見つめられ、頼りにされて、黙っているような男は男ではない。

僕は屋上へと続く階段の中央に立ち、ゲーム機のスイッチに手をかけた。安藤さんも深く頷いて、物陰に隠れてゲーム機を覗き込んだ。

ラブホテルの階段で男女がゲーム機を構える図は、考えてみれば相当シュールな気がしたが、深く考えていられる状況ではない。

安藤さんの役に立ちたいという気持ちはあるが、同時に無敵のドラゴンの情報は僕にとっても重要な情報になりうる。レベル一の僕には安藤さんの案に従うのがゲームクリアへの最短の道だ。

「じゃ、行くわよ」

安藤さんの合図でゲーム機のスイッチを入れた瞬間、スピーカーから大音量の咆哮が響いた。慌てて画面を覗き込めば目の前には巨大な緑色のドラゴンが、こちらを一飲みにできそうなほどの大口を開けていた。

即座に妄想がそれを反映して、目の前に、本物としか思えない、ドラゴンの幻像を結んで見せる。

廊下をほとんど占有するほどの巨体、濡れた緑色の鱗《うろこ》。鋭い牙《きば》。

サッカーボールほどある大きな目に睨まれ、僕は思わず数歩後ずさる。

ドラゴンはもう一度叫び声を上げ、開いた口を僕に向けた。

その口の奥に、光が集まっていく。

「あ、安藤さん！　早く！」

「ちょっと待って、解析終了まで後二秒」

そんな声を聞いている間にも、ドラゴンの炎は口から溢れんばかりになっていた。

思わず仰け反った次の瞬間、安藤さんから「切って！」の声がかかった。目前に迫った巨大なマグマの塊はゲームのスイッチを切ると共に風に吹かれる砂山のように消え去った。

危ないところだったと胸をなで下ろし、僕と安藤さんは互いを見つめて、笑った。

「完璧だったわね。大したもんだわ」

彼女はそう言って、満足そうに頷いた。


作戦が成功し、興奮気味に二階の安全地帯、メリーゴーランドのある部屋に戻り、ゲーム機のスイッチを入れたときのこと。

「……ちょっと待て、これはどういう意味だ？」

隣から覗き込んできたのはジョナさんだ。髪の匂いなのだろうか、かすかな石鹸の香りに、なぜか少し恥ずかしくなり、それを誤魔化すように僕はゲーム機を覗き込む。

何も気付いていないかのような、ジョナさんの指差す先には他のプレイヤーの位置情報を示す簡易レーダーが表示されていた。

「レーダーがどうかしたのか？」

「プレイヤーがいない」

ジョナさんの言葉に詳細なレーダーを画面に呼び出す。

「そう言えば、確かに誰もいないな……皆、三階に移動したのか？」

「いいところに気がついたわね」

ゲーム画面を見て呟く僕の様子を見て取ったのか、安藤さんがベッドに腰掛けながら僕を見た。

「三階に移動することはまずありえないわ。さっき私が見せたレベルアップの成長曲線を覚えてる？　ゲームオーバーのリスクを考えずにここのモンスターと連戦しても、三階に辿り着くまでに四時間はかかるはず」

ジョナさんはゲーム機から顔を放し、顎をさすりながら言う。

「……ならば、全員モンスターにやられたということか」

「だからと言って、全員モンスターにやられたとか、バカを言っちゃダメよ？」

「ば、バカだと！」

顔を真っ赤にして怒るジョナさんの声など当然届かず、安藤さんは人差し指を立てて僕を見つめた。

「ルールを覚えてる？　失格した者はゲーム機をその場に残して退散せよ。参加者への関渉は罰金一万」

「覚えてますけど、それがどうかしたんですか？」

「二階から、ここまで来る間に、ゲーム機が落ちてた？」

「あ……確かに……ひとつも落ちてませんでした……」

「大体、三十万とビュッフェがかかったゲームよ？　みんなそう簡単にゲームオーバーになんてなるわけがない」

「そうですね。三十万と合コンがかかってますもんね」

「こうやって安全地帯まで用意されているんだから、引きこもって、どうやったらこのゲームをクリアできるか検討したり、他のプレイヤーの出方を見たりする人たちだっているはず。それが全滅というのは考えにくいわ」

「だとすると、一体何が……」

僕とジョナさんはほとんど同時に首を捻る。

「教えてあげようか。このゲームの本当に面白いところ」

安藤さんがさらに言葉を続けようとしたときだった。

部屋のドアが静かに開いた。とっさに緊張して振り向く。洞窟の薄闇から中に入ってきたのは、柔和な顔のメガネの男。雀ノ宮副会長だ。現在彼は剣を腰に差し、マントを着けた格好だ。さながら勇者、という雰囲気である。

雀ノ宮さんは僕達を見て目を丸くする。

「おかしいな。レーダーには何も映ってなかったけど……なぜここに君達が？」

「レーダー妨害アイテムを使ってるのよ」

僕が何か言う前に、安藤さんが素早く言った。

「……なるほど、そんなアイテムまであるのか」

「私達はモンスターを倒すより、アイテムを得ることを優先してきたからね」

雀ノ宮さんは少し戸惑うように僕達を見た。

「しかし、すごいな、まだ生き残りがいるだなんて思わなかった」

「一体何があったんですか？　ほとんどのプレイヤーがゲームオーバーしてしまったみたいですけど」

「ＰＫだよ」

彼はこともなげに、よくわからない単語を口にする。

「……ピーケー？」

「プレイヤーキラーさ。ネットゲームはしたことないかい？　プレイヤーのアイテムや経験値を狙って、プレイヤーのキャラクターを倒して回るヤツらのことさ」

雀ノ宮さんはメガネを直しながら深刻そうな表情で頷いた。

「か、会員同士でつぶし合いをしてるんですか？」

思わずそう声を上げると、今度は安藤さんが頷いた。

「きっとさっき聞いた悲鳴も、誰かが同士討ちでやられた結果でしょう」

「も、モラルはないんですか⁉」

思わずそう言うと、雀ノ宮さんは小さく笑った。

「金、食べ物、そして異性関係。モラルを失うには充分な要素だと思うな」

彼の言葉に安藤さんも大きく頷く。

「う、薄汚れた人間達だ」

「ふん、先程まで合コン合コンと叫んでいた男のセリフじゃないな」

「君だってビュッフェビュッフェ言ってただろ」

ジョナさんの言葉に思わず反応してしまった。呆気《あっけ》に取られて僕を見る二人に向かって、僕は作り笑いを浮かべる。雀ノ宮さんは肩をすくめ、安藤さんは何も言わずにただ微笑んだ。

「まあ、とにかく、このゲームは最初からプレイヤー同士を戦わせるようなシステムになってるんだ」

雀ノ宮さんがメガネを光らせながら僕を見つめた。

「ゲーム内のマニュアルのおさらいになるけど、プレイヤーとアイテムや経験値のやりとりができる。プレイヤーの攻撃ができる。しかもプレイヤーを倒して得た経験値にはボーナスが付くときてる。ここまでお膳立《ぜんだ》てが整っていれば、誰でも思い付く。モンスターと戦って弱ったプレイヤーを倒した方がレベルは上げ易い」

確かに、と安藤さんが雀ノ宮さんの言葉を引き取った。

「大体このゲーム、与えられたバッテリーだけじゃプレイ時間が足りないしね」

安藤さんの言葉に雀ノ宮さんは笑って頷いた。

「そこまでわかってるなら、話は早い、二人はどっち側の人間なんだい？」

雀ノ宮さんは僕と安藤さんを順に見つめながら言った。僕は少し緊張しながら、冒険者の姿となってメリーゴーランドの縁《ふち》に腰掛ける雀ノ宮さんを凝視した。

ちょうどメガネが反射して、その表情は見えない。

なんとなく、底が知れない印象だ。

「ひょっとして、雀ノ宮さん……プレイヤーキラーとかでは？」

「それはこっちのセリフかな。君達がプレイヤーキラーである可能性はどうしても否定できない。そもそもこれは早い者勝ちのサバイバルレースだ。競争相手を蹴落とそうとするのは、当然の心理だろう？」

彼は笑みを浮かべていたけれど、その表情は少し強張っていた。無理もない。彼も三十万と有名女子大との合コンを狙っているはず。

彼にもまた、譲れない理由がある。

「……何が譲れない理由だ。金銭欲と性欲じゃないか。浅ましい」

「頼むから、僕の思考を読むのはやめてくれ」

ジョナさんの率直な言葉にこっそり言い返しつつ、二人を見つめる。二人の間には重たい空気が漂っていた。

「私達がプレイヤーキラーじゃないことは簡単に証明できるわ」

彼女はゲーム機を取り出すと彼には見えないようにスイッチを入れて、画面を雀ノ宮さんに見せた。僕も慌てて彼に画面を見せた。

「レベル三とレベル一か……確かに、襲いかかったら逆にやられるレベルの弱さだ」

彼は明らかに安心したような顔で、深く息をついた。

「君達はモラルを失わない、いい人達だなあ」

「誉め言葉には聞こえないわね」

安藤さんはそう言って、じっと雀ノ宮さんを見つめた。

「で、あなたはプレイヤーキラーってわけよね」

安藤さんの言葉に、彼の目が少し大きくなった。

「と、突然何を言い出すんだい。証拠は？」

「頭のいい人にありがちな失敗ってとこかしら？　調子に乗って喋りすぎて、結果、墓穴を掘るのよ。『プレイヤーを倒して得た経験値にはボーナスが付く』だっけ？　あなた、どこでそんな情報を仕入れたの？」

彼のメガネの奥のまなざしが、一瞬鋭くなったように思えた。部屋の中にピンと張り詰めた空気が満ちた。

「……そうだった。いや、確かに。これは喋りすぎだったな」

雀ノ宮さんは頭をかいて笑い、あっさり白状した。

マニュアルに載っていたんじゃなかったのか？　そう考えて僕は自分のゲーム機にマニュアル画面を表示させてみるが……。

「ない。ボーナスが付くなんてどこにも書いてない」

「そう、マニュアルには書いてない。つまりプレイヤーを倒すと経験値を得られる、という事実を知るには別の径路を辿らなければいけないと言うわけね。一番可能性があるのは本人にプレイヤーを倒した経験がある、つまりプレイヤーキラーであるとき。まあ証拠と言えるほどの言質じゃなかったけど、何より彼の反応が、雄弁に、自らの正体を明かしてるわ」

ジョナさんは「や、やっぱりな。私の思った通りだ」と強がって見せていたが、僕にはその言葉にツッコむ余裕がなかった。

もし彼がプレイヤーキラーだとすると、僕達は今後非常にまずい状況に置かれることになる。部屋の外で彼に出会えば、それは即刻ゲームオーバーを意味する。

三十万と合コンが、地平線の彼方まで遠退いたような気がした。

「ふむ、君達には言ってもいいかな。それほど低レベルなら、どんな手に出られても、大した実害はない」

彼はメガネを直しつつ、口の端を上に曲げた。ゆっくりとゲーム機の画面を僕達に向ける。

「これが僕のレベルだ」

彼が見せた画面には、キャラクターのステータスが表示されていた。レベルは――。

「六百四十七!?」

僕とジョナさんは同時に声を上げていた。安藤さんの算出した結果によれば、正攻法で経験値を稼いだ場合、レベル三十までに二十八時間のプレイ時間が必要だったはず。

六百台となれば、正攻法で何時間かかるか想像もつかない。

「プレイヤーを倒したら、莫大な経験値が手に入る。数人倒しただけでこれだ。このゲームの正しい攻略法は、競争相手を減らすことにあるみたいだよ」

「なるほどね。それで、六百四十七レベルの人間は、レベル一とレベル三の人間をどうするの？」

「僕も、協力者が欲しいと思ってたんだ」

彼は手を広げてそんなことを言った。

「推理小説研究会の古参《こさん》の連中は勝手がわかってるからね。僕以外にもプレイヤーキラーが結構いる。高レベルのプレイヤーほど高い経験値になるんだ。ここからは海千《うみせん》山千《やません》の連中のつぶし合いになる」

雀ノ宮さんは笑みを浮かべながらメガネを直した。蛍光灯の光を反射して、メガネは不気味に光る。

「僕は襲われる側より襲う側に回りたいからね。相手に警戒させて、僕に手を出すのは得策ではないと思わせる必要があるんだ」

彼は顔を上げて僕と安藤さんをじっと見つめる。

「プレイヤーのレベルは実際に戦うまではわからない。君達のレベルでも充分に驚異に見えるってわけだよ。君達はただゲーム機を持って、僕のそばを歩いてくれるだけでいい」

「そっちの事情はわかったけど、私達のメリットは？」

「どこかでばったり出会っても、君達を倒して経験値を奪わないようにしよう」

「きょ、脅迫じゃないか！」

驚いたように声を上げたジョナさんの言葉が聞こえたかのように、雀ノ宮さんは少し笑った。

「と、言うのは冗談。友好的な取引でないと、どんな形で裏切られるかわかったものじゃないからね」

彼はポケットから黒くて四角いスティックのようなものを数本取り出した。

「バッテリーだ。これだけあれば、君達二人ともタイムオーバーまで電池切れを心配する必要はないだろう」

安藤さんは満足そうに頷いた。

「取引成立ね。ただし、協力するのは私だけよ」

「え、そ、そんな危ないマネをさせるわけには」

僕が口を挟もうとするのを彼女は手で制した。

「必ず戻って来るわ。私が彼に付き合っている間、このゲームをクリアする手立てを考えて」

身を乗り出してそう言う彼女に、僕は思わず頷いていた。

雀ノ宮さんが、面白い冗談を聞いたとばかりに吹き出した。

「いや、残念だけど、それは無理じゃないかな。君達がこの部屋に引きこもってる間に、プレイヤーはどんどん淘汰《とうた》されていってる。今、レベルが百にもなっていないのは君達くらいのものだよ」

彼は笑いながら言って、それから小さく息をついた。

「さあ、そろそろ行こうか。安藤さん、僕達もあまり時間を無駄にはできない。ＰＫ同士の戦いで、疲弊《ひへい》した連中を狙って狩ろう」

「えげつないやり方ね」

「勝負はいつでも、えげつない人間が勝つのさ」

彼はそう言って、部屋を出て行った。

そして、安藤さんが僕を振り返る。

「任せたわよ。全ては君にかかってるんだから」

「い、いや、でも僕なんかにクリアの方法が考えつくとは思いづらいというか……」

「大丈夫。君、砂吹君が見込んだほどの男なんでしょ？」

それから、とお姫様姿の彼女はそっと僕に近づいた、長い髪が僕の肩にかかる。一体何がどうなったのかと身体を固くする僕に、彼女は耳打ちする。

「彼より坂居会長の方が上手《うわて》のようよ。雀ノ宮君、確実にゲームオーバーになるわ」

思わず顔を彼女に向けた。至近距離に安藤さんの顔がある。

「無敵のドラゴンというだけあるわね。あのドラゴンのレベルは――」

安藤さんは少し言葉を切って、楽しそうに笑った。

電柱の彼女にはなかった、秘密の話を打ち明ける少女のような笑みだった。

「十四万二千四百九よ」


大きなベッドの上をゴロゴロと転がりながら僕は唸り声を上げげた。

かれこれ二時間。ゲーム画面を睨みつけて、なんとかドラゴンを倒す方法を捻り出そうとしているのだけど、残念ながら何も思い浮かばない。

「普通に戦って倒せる相手ではない、というのはよくわかるんだけどな。ジョナさん、何か案はあるか？」

「わ、私は……特に、何も」

メリーゴーランドに腰掛けていたジョナさんはなぜか慌てたように手を振ってそんなことを言った。

「なんだか、今日のジョナさんは変だな」

「へ、変か？」

「いつもより無口だし、やたらとどもってるじゃないか」

ジョナさんは頬を染めて、顔を背けた。

「お前は本当にデリカシーのない人間だな。こんなところにいて、いつも通りに振舞えと言うのは、少し無茶な話だと思わないのか……」

そこまで言われて、初めて気がついた。今、僕はラブホテルの部屋にジョナさんと二人きりでいるのだった。

けれどそれは、それほど驚くべきことのようにも思えない。なんと言っても、僕とジョナさんは同棲《どうせい》している。まあ、相手が妄想という但し書きがつくわけだけども。

しかし彼女は、そうは思っていないらしい。

「別に何があるとは思ってないが、どうもこういう場所は、その、落ち着かない」

彼女はもじもじと何度も姿勢を変えた。

不意に部屋の灯りの色が変わる。時間によって照明が変わる機能が、部屋に備え付けられているのだろう。まるで部屋の中に夕日が差し込んできたような光だ。ジョナさんは赤い光を受けて、少し恥ずかしそうに俯いた。なぜかその表情に、僕は息を呑む。

次の瞬間には、ジョナさんが着ていた甲冑が消えていく。

代わりに彼女は白いフードつきのローブを羽織った、魔法使いの女の子になった。同じ魔法使いの衣裳でも、黒ずくめの僕の格好に比べて、随分可愛らしく見えた。可愛らしい。自分の妄想に対して何を言ってるんだろう。自分で自分の発言に笑えてしまう。

やめておけと、心の中で呟く。どんなに妄想に感情移入したところで、それは僕の作り出したキャラクターに過ぎない。

いつか消えて、それで終わりだ。そう、ジョナさんだって……。

「そう言えば、聞いていなかったことがある」

ジョナさんは沈黙にいたたまれなくなったかのように口を開いた。

「どうして、妄想を見るようになったんだ」

「君は僕の妄想だ。僕の記憶や過去なんてお見通しじゃないのか？」

「見通すこともできるが、礼儀に反することはしたくない。……私だって、少しは気を遣うんだ。でも、お前のことはちゃんと知りたい」

「どうして？」

不思議に思って首を傾げる。

「深い意味はない。ただ、そういうことをきちんと知っていれば、お前に近付ける気がするし……と、というかあれだ、仕事、そう、それが私の仕事だから。お前を妄想まみれの世界から救ってやるのが私の仕事だから。そのためには、まずお前がどうして妄想を見始めたのか、きっかけを知りたいなって思って……」

彼女の声はやがて、ぼそぼそと聞き取れないほどの小ささになった。彼女は下を向いていた。

僕の無意識が、ジョナさんに言わせているセリフだ。そう思う一方で、ジョナさんの気持ちを嬉しく思っている自分がいた。とても誠実なヤツだと、そう思う。

「特に、何かきっかけがあったわけじゃないんだ」

普段は思い出すことにさえ嫌悪を覚える過去を、僕は小さな声で語った。

「僕はこう、あまり人付き合いのうまい方じゃなかった。友達というものは今まで、できたことがない。友達付き合いとかああいうのは、一度レールから外れると、容易には戻れないもんなんだな。なんとか皆の輪に加わろうとすればするほど、妙に意識してしまって、うまくいかなくなる」

当時を思い出して、僕は小さく息を吐く。

「それで、寂しさを紛らわせようとして、頭の中にもう一人友達がいる、という設定を勝手に作って、その妄想上の友達と話をするようになった」

あまり語って楽しい話でもなく、情けなさも手伝って、僕は意味もなく笑った。

「それで、高校二年のある日、気が良くて、明るくて、絶対に僕を裏切らない空想上の友達そっくりの男が、僕の目の前に立っていた。一言二言、言葉を交わしただけで、昔からの親友のように意気投合した。舞い上がったよ。それまでずっとひとりだったしさ。一緒に昼飯を食べたり、トランプして遊んだり、とても楽しい日々だった」

高校生の頃の懐かしい記憶を掘り起こして目を細めた。

「でも……そいつは消えてしまった。ある日突然、僕の目の前で紙に滲《にじ》むインクのように景色の中に溶けて消えた」

そこで一度黙り、浮かび上がってくる記憶に意識を漂わせた。あの時、僕は妄想がもたらす幸せな日々と、その喪失《そうしつ》がもたらす強烈な苦痛の二つを味わった。

「あいつが消えてやっと、あいつが僕の妄想だと気がついた。それからは、決壊したダムみたいに次から次へと妄想は現実へと溢れ出た。妄想の相手をする僕は、他人からはかなりおかしな人間に見えるらしい。結果僕は、ますます周囲から孤立した。どういう精神の仕組みでそうなるのかなんて僕にはわからないし、どうでもいい」

当時感じていて、今でもまだくすぶっている、醜い感情が、意識に急浮上してくるのが感じられた。

「妄想さえなければ、多分僕は、もう少しまともな人生を送れたはずだ。多少は友達だっていたはずなんだ。事実、大学生活だって、妄想に足をすくわれるまではうまく行っていた。電柱の彼女のことだってそうだ。あんなに気持ちを通わせたのに、突然消えてしまうなんて……そうだよ、僕の人生は妄想のせいで台無しになったんだ」

ジョナさんは床を見つめながら、小さな声で、ごめんなさいと呟く。

驚いて顔を上げた。

「あ、いや、そんなつもりじゃ……」

彼女の俯く姿に、声は途中で消えてしまった。

ジョナさんが妄想であることを再び認識する。

今の発言は彼女を傷つけただろうか。そうは思うけれど、本人に直接尋ねるほどの勇気は僕にはなかった。

気まずくなって、彼女から視線を逸らし、しばらくの間画面を睨みつける。けれどクリア方法を考え出せるほどの集中力は発揮できず、結局ジョナさんを見上げては視線が合って、また視線を逸らして、という行動を何度も反復した。

そして、ある一点から目を離せなくなった。

彼女の手の向こうに、かすかにメリーゴーランドの白馬が見えた。彼女の左手が、わずかに透けているのだ。僕の表情と視線に気がついたのか、ジョナさんも自分の左手を見つめ、そして、素早く左手を背中に隠した。

「ジョナさん、今のは？」

「な、なんでもない。なんでもないんだ」

彼女は明らかに何かある口調で、苦しそうに顔を背けて、何度もなんでもないと繰り返した。

「そんなわけないだろ。今のは、だって……」

まるで消えかけているみたいだったと、その言葉をどうしても言えずに僕はただ口を閉じる。

「最近は、ときどきこうなる……」

ジョナさんは口の中でそう言った。

「こうなるって、いつから……」

「青学祭の後あたりから」

「どうして……」

僕の問いかけに、ジョナさんはしばらく俯いて黙っていた。

それから、顔に笑みを浮かべる。

「考えてみれば、多分これは喜ぶべきことなんだ。わ、私はさ、ほら、お前を現実に戻すために作られた、お前の妄想だろ？ だから、お前が現実に近づけば、私のような妄想にも縁がなくなるから……」

表情を窺うように、彼女はそっと僕を見た。けれど僕は、何も言えず、ただ彼女を見つめることしかできなかった。

「あ、あんまりこっちを見るな。どうしていいのかわからなくなる」

彼女はそういうと、顔を伏せた。

それからしばらく、僕達はなんとなく気まずい雰囲気になった。

考えて見れば、ジョナさんという女の子は、この『拡張現実』とかいうシステムを使ったゲームに似ている。

ゲーム機を覗いたときにだけ、いかにもそこにあるように見える幻。それが僕の妄想であり、ジョナさんという存在なのだろう。

スイッチを切れば消えてしまうし、バッテリーが切れたら二度とその姿を見られなくなるところまで似ている。

画面の中にしか存在しない、どこまでも儚い女の子だ。

そして、僕は自らバッテリーの消費を早めていた。現実に馴染めば馴染むほど、妄想は消えていく。

僕は小さく息を吐いた。いくら画面を覗いていても、結局ジョナさんのことばかり考えてしまって何も思い付かなかった。

諦めてため息をついたとき、耳にかすかに、消防車のサイレンの音が聞こえた。

「……どこかで火事でも起きているのかな」

そう言えば、こういうホテルって防災対策とかちゃんとしているんだろうか。

そこまで考えたとき、僕は飛び起きてジョナさんの肩を摑んだ。

その瞬間、僕はジョナさんに投げ飛ばされて宙を飛んだ。

僕が地面に倒れるのとほぼ同時に、ジョナさんが驚いたように飛び退って身構える。

「ふ……雰囲気に流されるとは何事だ！　理性の欠片もないケダモノめ！　こういうのには、心の準備というものがあってだな!!　い、いくら私が魅力的であろうとも、こういうときこそ、柔《じゅう》よく剛《ごう》を制すというか——」

「ち、違う！　わかった。わかったんだよ！」

倒れたままの僕の言葉にジョナさんは眉をひそめる。

「何を思いついたんだ？」

僕は腰をさすりながら起き上がり、そして、彼女を指差して、口を開いた。

「無敵のドラゴンは無敵だから倒せない！」

「……何を言ってるんだ。大丈夫か？」

ジョナさんが呆れた顔で言うけれど、僕は気にせず笑ってみせた。


「雀ノ宮君は見事にゲームオーバーになったわ」

夜明け近く、ひとりで帰って来た安藤さんは僕を見るなりそう言った。

「ど、どういうことですか？」

今までいじっていたゲーム機を脇に置いて尋ねると、彼女は疲れ切ったように息を吐いて、腕を回して肩を鳴らした。

「とりあえず他のPKを皆排除して、ホテル内の全てのモンスターを一掃、このゲームで理論上達しうるほぼ最高のレベルに到達したと思われるわ。アイテムも倒したプレイヤー達から回収して、ほとんど集めきった状態ね」

「最終的なレベルは？」

「千四百十五。意気揚々とドラゴンに立ち向かって、瞬殺されてたわ」

「まあ……ドラゴンのレベルは十四万に達してましたからね……」

「彼、結構慎重派でね。延々と続く経験値稼ぎに付き合わされる方は、相当骨が折れるわね」

「ドラゴンのこと、ずっと黙ってたんですか？」

「あら、競争相手が少ない方がいいのは私達だって同じことよ？　競争相手をみんなやっつけてくれて、しかも自滅してくれる。その上見返りも求めないなんて、素敵な男性だと思うわ。雀ノ宮君」

「……いい性格してるな、こいつ」

ジョナさんの言葉に自然と頷きかけて、僕は慌てて首を横に振った。

「それで、そっちはどう？　何かいい案は思いついた？」

「案というほど、複雑なものじゃありませんけど」

「あら、何か思いついたのね！　教えて、どんなことを考えたの？」

思い切り身を乗り出す彼女に対して多少のけぞりながら、何度も首を縦に振る。

ジョナさんが、安藤さんの身体を引き剝《は》がそうと必死で背中に取り付いているけれど、当然、何の効果もない。

「ま、マニュアルに無敵のドラゴンとある以上、ドラゴンは無敵です」

数歩下がって、彼女から距離を取った僕はひとつ二つ咳をして、再び話し出す。

「ドラゴンには敵がいない。つまり、倒せないんです。まずはそれを前提に考えるべきだと思うんですよ。だって、マニュアルに、ここに記されていることは、絶対の真実だって書いてあるんですから」

僕はジョナさんに言った言葉を、そのまま安藤さんに言った。安藤さんは不意打ちを喰らったように驚いて、ゲーム機を取り出して画面を見つめた。

「確かに、そうね。まあ実際倒せる強さじゃないし」

「ドラゴンを倒さなくていいなら、いくらでも攻略方法はありますよ。四階の階段を上らなくても、魔王の元へ行くことは可能です」

「……例えば、どんな？」

僕は部屋に置いてあったホテルの図を取り出し卓に広げ、その一点を指差した。

「非常階段です」

なるほど、と唇を触りながら考える安藤さんに、僕は言った。

「勝負の時が来ましたよ、安藤さん。まずは、僕とあなたのどちらが生き残るかを決めなくてはいけません」


三十分後——。

ホテルの外の非常階段、すなわち鬼刻城の城外へと身を躍らせた。鬼刻城は僕の妄想により、地底深くに聳える巨大な岩の城へと姿を変えている。頭上には星空の代わりに白く輝く魔石を無数にちりばめた岩の天井が見え、下を覗けば町の光の代わりに、あちこちから吹き出すマグマが地面を輝かせている。

獣の咆哮のような音を立てる激しい風は果たして妄想だろうか、それとも現実なのだろうか。僕には全く判別がつかない。

僕の身につけた魔術師のマントが風に翻《ひるがえ》る。傍らではローブに身を包んだジョナさんが、不安そうに鬼刻城の最上階を見つめている。ホテルのタオルを使って腰に巻き付けたゲーム機の存在を確かめながら、一歩ずつ屋上を上っていく。

「……うまく行くかな。ルール違反になったりしないかな」

ジョナさんの弱気な声音に、僕は無理に笑ってみせる。

「マニュアルに書かれたことが絶対に守るべきルールなら、逆にそれ以外は何をしてもいいってことだ。大丈夫。なんとかなる」

ドンと自分の胸を叩いて、少しむせた。

「……合コン、そんなに行きたいのか、お前」

風に吹かれて消えそうな小さな声に僕は思わず振り返る。

「わかった。それなら、ビュッフェは諦めてやる。お前に恋人ができるのは、悪いことではないはずだ」

僕が何か言う前に、彼女はひとり頷いた。

「とにかく、今は魔王を倒そう」

僕はそれだけ呟いて、ジョナさんの手を引いた。彼女は少し驚いたように僕を見て、けれど特別嫌がる素振りも見せず、後を付いてくる。

屋上に上がりきれば、地底のはずの大空洞の上部では暗雲が渦巻き、雷がひっきりなしに鳴っている。羽根を広げた巨大な天使像の下に玉座が設えられ、そこには坂居会長が座っていた。王冠を被り、手摺《てすり》に肘《ひじ》を載せて楽しそうに僕を見つめた。その手元には、ゲーム機が置かれていた。

「雀ノ宮君か安藤さんがくるものと思っていたのだが……最後に残ったのは君か」

「先程安藤さんの気配が消えた。君があのパワフルな女性をどうやって出し抜いたのか気になる所ではあるが……まあ、今は聞くまい」

彼はゆっくりと立ち上がる。黒のマント、黒のブーツ、やはり黒く、エナメル質の上下一揃《そろ》いの服。これが果たして彼の本来の格好であるか、それとも僕の妄想なのかはわからない。しかし彼が異様な存在感を放っていることは間違いなかった。

巨大な天使像を背景に、彼は小さな笑みを浮かべる。

「最初に言った通り、このゲームをクリアするためには僕に勝たなくてはいけない。わかっているのかい？　無敵のドラゴンのレベルは十四万程度。だが僕のレベルは……その十倍だ」

驚きに声も出ない僕を眺めて、彼は笑った。

「僕もこの間のイベントでは君達にしてやられたからね。今回はリベンジのつもりで挑んだ。ここまでは想定内だ。まあ、及第点を上げてやってもいい、くらいか」

「なんだお前、偉そうに！　だ、大体このゲーム、本当に推理小説と何も関係がないじゃないか！　せめて推理アドベンチャーにしろ！」

坂居会長の得体の知れない自信に気圧されたのか、ジョナさんが僕の後ろに隠れて、あまりにも道理に適い、かつ今さらなことを言った。

当然、坂居会長には彼女の言葉は届かない。彼は何事もなかったかのようにゆっくりとゲーム機を構える。

息を呑み、僕もゆっくりとゲーム機を覗く。そこには坂居会長そっくりの顔立ちの整った男が立っていた。

そしてその上空には、太陽が落ちてきたのかと思うほどの巨大な火球が浮かび上がっている。火球の表面はマグマのように、流動している。実際に熱いわけがないのに、見ているだけで汗をかいてくる。大部分は僕の妄想が手伝っているにしても、これは予想外の迫力だった。

「一体、このゲームにどれだけの労力と時間を費やしてるんですか……」

「毎年、青学祭のイベントはそれだけの収入源にはなっているということさ。僕も推理小説研究会の歴史を守るひとりとして、ここは譲れない」

彼は見せ付けるようにゲーム機を僕に突き出した。

「君は確かによくやった。しかしここで終わりだよ。僕が終わりにする。三十万が惜しいわけではない。これは矜持《きょうじ》の問題だ！」

彼は高々と手を上げ、僕は思わず身を固くする。

息が詰まるような一瞬の後、ゲームの画面越しに映る世界に、太陽が落ちてくる。

大音量の爆発音、そして目映い光に画面は満たされる。

僕のゲーム画面が暗転し、ゲームオーバーの文字が表示される。

「お終いだ」

会長の言葉と共に、彼の背後に現れた人物に僕は思わず笑みを浮かべる。

「お終いなのは、あなたですよ。会長」

僕の言葉が終わるのとほとんど同時に、坂居会長はばったりと倒れた。

彼の背後にはお姫様の格好をした安藤さんが立っている。

作戦通り、安藤さんが背後から彼に痛烈な一撃を喰らわせたのだ。

「君が、なぜここに……」

倒れたまま振り向き、会長が尋ねると、安藤さんは笑った。

「甘いわね。彼はオトリよ。私が本命」

「……まさか、プレイヤーに直接攻撃してくるなんて」

「ダメっていうルールはなかったはずよ」

「いや、そもそも倫理的な部分に問題が……」

安藤さんはそんな会長の言葉には取り合わず、地面に転がった会長のゲーム機を取り上げた。

これもまた事前に打ち合わせしていた通りの行動だ。

ゲーム内のルールで戦っても勝てる見込みが薄いと考えた僕は、彼を背後から襲って相手のゲーム機を奪い、彼の持っている経験値を全て安藤さんの経験値に移し替えることを提案したのだ。

僕が非常階段を上って会長の注意を惹きつけている間に、彼女は僕に倒されゲームオーバーになった、と見せかけてゲーム機のスイッチを切り、屋上に出ると会長の背後に回る。

そして会長がもっとも無防備になる瞬間、つまり僕を倒した瞬間に背後から物理的な攻撃を加えて、会長のゲーム機そのものを手に入れた、ということだ。

安藤さんはやがて、奪い取った会長のゲームをゆっくりと地面に置いた。

「よし、会長の持ってる経験値を全部私に移し替えたわ。この時点で、魔王のレベルは一で、こっちのレベルは百四十万、坂居会長、あなたに勝ち目はないわよ」

坂居会長の制止の声が上がるのと同時に、坂居会長のゲーム機のスピーカーから爆発音が鳴り響く。

ゲームが終わったのだ。

会長はついに力尽きたのか、顔を伏せたまま動かない。近くに寄って声をかけてみても、答えがない。

し、死んでる？　とジョナさんが縁起でもないことを言う。

「心配ないわよ。ちょっと気絶してるだけだから」

安藤さんはそう言って笑った。

「気絶、ですか……しかし見事な一撃でしたね……」

「心配いらないって言ったでしょ？　私、少林寺《しょうりんじ》拳法《けんぽう》と空手、合わせて七段よ？」

それなら納得、と僕は頷いた。当初彼に襲いかかる危険な役は僕が引き受けるつもりだった。けれど安藤さんは自分がやると言って譲らなかったのだ。

「でも……よかったの？　私が三十万で、君は副賞なんて、殊勝なこと言ってくれたけど。撤回するなら今のうちよ？」

僕は笑って頷いた。

安藤さんの協力がなければ、ゲームクリアはできなかったはずだ。それに、今の僕には三十万という金より、副賞の方がずっと大切なものになっていた。

「とにかく、これでゲームはお終いね！」

安藤さんのすっきりとした声と共に、鬼刻城を覆っていた妄想が、無数の光の粒子になって消えていく。

地底の魔王が住む城は多摩市のラブホテルへと姿を変え、マグマの吹き出す地面は灯りの点る町へと姿を変えた。

秋の風が吹き抜ける。空を見上げれば星が瞬いていた。

やがて東の空が赤く燃え始めて、僕と安藤さんとジョナさんを照らした。

安藤さんはあくびをかみ殺して、小さく息をつく。

「せっかくだから、ちょっと休んでいこうかしら。下に面白い部屋を見つけたのよ。なんかね、電車の車両みたいな部屋なんだけど、君も一緒に休む？」

突然の発言に、僕は言葉を失い、それから彼女はちょっと笑った。

「冗談よ。戦友の次なる戦い、合コンの成功を祈ってるわ」

そう言って安藤さんは機嫌良さそうに非常階段を降りていく。

「よかったのか？　三十万」

ジョナさんが不満そうに口を尖らせていたけれど、僕には何の不満もない。

「いいじゃないか。僕は楽しかったよ」

そう言って、坂居会長のそばに歩み寄る。

「大丈夫ですか？」

「大丈夫に決まっているさ！」

　彼は物凄い勢いで立ち上がり、それからよろめいた。

「ちょ、ちょっとふらふらじゃないですか」

慌てて彼の身体を支えるけれど、彼は興奮さめやらぬ、と言った調子で、再びひとりで立ち、楽しそうに僕を見る。

「君はすごいな！　一度ならず二度までも僕の計略を打ち破るとは！　世が世なら伝説の怪盗として名を馳《は》せることだってできたはずだ！」

身振り手振りを交えて大げさに言う彼に、僕はただ苦笑いを浮かべて頷くしかない。

「まずはこのイベントの見直しを考えなければな、君もぜひ意見をくれ！」

「それはまあ、いいですけど……」

「ではこの一休みした後、早速会議だ！　君は絶対出席だからな！」

そう言って彼も屋上を去っていった。残された僕は、小さく息をつく。

ふと裾を引かれる感触があって、振り返ればそこには、満面の笑みのジョナさんがいた。

「友達、できそうじゃないか」

朝日が昇り、赤い光がジョナさんを照らした。彼女はとても嬉しそうにしていて、その理由は、僕に友達ができそうだかららしい。

そしてジョナさんは、やはり、少しだけ透けていた。

胸の奥を強く握り締められるような気持ちになる。

何をどう言っていいかわからなかった。

「私達もどこか適当な部屋を見つけて少し休もう。お前、全然寝てないだろ」

彼女はそう言って、それから慌てたように、別に何かを誘っているわけじゃない、勘違いするなと付け加えた。

僕は無理に明るく、そうだな、少し休もうと言った。


後日、僕はジョナさんと共に、三つ星レストランのビュッフェに向かった。

二名分の席に二人分の飲物とケーキ。しかし座っているのは男ひとりで、しかもその男は誰もいない空席に向かって話し掛けている。

客観的に見ればとても奇妙な印象を与えたとは思う。

けれど僕は構わなかった。

僕の目には、ケーキを頬張って嬉しそうに笑う彼女の姿が、確かに見えている。

第四章　カモメのジョナさん

後に『鬼刻城の死闘』と呼ばれることになったあの合宿から一週間が経ち、僕はその間、毎日部室に足を運んだ。

普段やっていることは大したことじゃない。部室に一世代前のゲーム機を持ち込み、授業時間が来るまで、ゲーム大会をして遊んだりした。

週に一度の例会では、推理小説を一斉に読んで、回答に入る前に全員で誰が犯人か当てるのだ。

これが意外に楽しく、みんな名探偵よろしく自説を披露し、大抵の場合、喧々《けんけん》諤々《がくがく》の大論争となり、互いの髪を引っ張り合うような騒動に発展することもしばしばだ。大体最後は坂居会長と安藤さんの頂上決戦となり、サークルは、会長派と安藤派に別れて大論争を繰り広げることになる。もちろん僕はいつでも安藤さん派だった。

勝率は大体5割、と言ったところだろうか。

僕は、これまでの孤独を埋め合わせるように、サークルでの活動を精一杯楽しんだ。最初はかなり意識して、むやみに緊張していたジョナさんとの共同生活にも、そのうち慣れてきた。今では互いにほどよい距離感が築けているような気がする。

全てのことが順調に推移していて、社交的になればなるほど、妄想を見なくなるというジョナさんの言葉を裏付けるように、妄想に出会う回数は極端に減っていった。

そしてそれは、彼女との別れが近いことを示している。

ある日の昼下がり、次の授業まで二コマ分の時間が空いたので、僕は暇を潰そうと、部室を覗いた。

部室の面積の四分の三をスノコが占めていて、直に座ることができる。

スノコのない場所には二脚の椅子とロッカーが並んでいた。

薄暗い電灯の下で数人の会員がいて、小さなテレビにゲーム機を繋いで、相変わらずわいわいとパズルゲームで対戦している。

いつもの光景に、僕は少し笑いながら、椅子に座って、学食で買って来た弁当を開いた。くっついてきたジョナさんと空いている席について、対戦待ちの人に、うちのサークルで一番このゲームが得意な人は誰なのか、なんて尋ねているうちに。

「お、来てたか。ちょうどよかった」

そんな声がして、顔を上げればそこには雀ノ宮さんが立っている。

「これから少し、時間空けられるかな」

「二、三時間なら空けられますけど、どうかしたんですか？」

「いや、ほら、君にはまだ、このサークルの推理小説研究会らしい側面を見せていないだろ？　新会員には案内する必要があるんだ」

彼はメガネを光らせてそんなことを言う。僕とジョナさんは顔を見合わせて、首を傾げた。

秋晴れの空の下、学校を出て、ジョナさんと一緒に坂道を降りていく。

「推理小説研究会には青学祭のイベントの他に、もうひとつ大きな支出先があってね。こっちの方がうちのサークルの本命なんだ」

坂道を降り切ってしばらく歩き、彼は立ち止まる。目の前には古い洋風の家が建っている。肌色の土壁の一部には蔦《つた》が絡んでいる。小さな庭には、つい先程誰かが水をやったのだろうか、濡れたコスモスが日に輝いている。

「可愛らしい家だな。ファンタジー映画とかに出てくる良い魔女の家だ」

俄然興味を抱いたかのように、ジョナさんが数歩前に出る。

「早く入るぞ！　雀ノ宮が案内したいというのはここだろう？」

家を指差して無意味に足踏みするジョナさんの姿に笑って、それから、雀ノ宮さんを振り返る。

「あのー、この家と推理小説研究会にどんな関係があるんですか？」

「この家は推理小説研究会の専用図書館なんだ。前に言ったの覚えてないかい？『書庫』があるって」

雀ノ宮さんはそう言って、重そうな木製の扉の前に立ち、そして、少し眉を顰《ひそ》める。

「すでに誰か来てるなあ」

そんなことを呟きながら扉を開ける。

中を見た途端、ジョナさんが驚きの声を上げる。僕も少しだけ息を呑んだ。洋風の内装が施された壁という壁が全て本棚によって占められている。本棚には無造作に、様々な判の本が所狭しと収められ、本棚に入りきらない本は、床に溢れている。外からの柔らかな日差しと、ところどころ本棚につるされたランプの温かそうな光によって照らされていた。

「すごい……これ」

「誇るべき我が会の書庫だよ。古今東西あらゆるミステリとそれに関連する書籍や資料が揃えられている」

彼は靴を履いたまま歩き出し、僕とジョナさんもそれに続く。覗けばどの部屋も本によって埋め尽くされている。それを見るたびに、ジョナさんは目を輝かせて歓声を上げる。僕だって、突然現れた本だらけの空間にどこか夢見心地になっていた。

なにより驚くべきことは、これが僕の妄想ではないということだ。事実は妄想より奇なり。いや、全く。

「すごい蔵書数ですね」

「推理小説研究会の、八十年の歩みと共に集められた本だからね。この場所も、最初は初代会長が残してくれたボロ屋だったんだ。それを毎年毎年、みんなで整備して、今に至るというわけだ。我々推理小説研究会にとっては、この場所こそ本当の部室なんだよ」

雀ノ宮さんはそう言って、僕に二つの鍵を渡してくれた。

「この鍵と、学校の部室の鍵を渡しておくよ」

「ここ、僕も自由に使っていいんですか?」

「君はうちのサークルの会員じゃないか」

そう言って、雀ノ宮さんが笑う。ジョナさんは僕を見て、やはり微笑むと、途端に元気が溢れ出したとでも言うように、早足に本棚から本棚へと移動して、すごいぞ、こっちに来い! とか、弾むような声を上げた。

本だらけの一室には坂居会長も来ていて、資料の山と向き合い、頭を抱えて何か書き物をしていた。

話を聞いてみると、ミステリーの変遷と背景文化というテーマで卒論の準備をしているとか。思うようには進んでいないようで、弱り切っている会長を見て、この人も困ることがあるのだな、とか、そんなことを考えたりした。

「すごいぞ！　これ、英語じゃない外国の本もある！　ほら！　見てみろ！　何語だ⁉」

ジョナさんの声に、僕は一緒に本を見て回ることにする。彼女はとても楽しそうで、彼女が楽しそうだと、なぜか僕も楽しかった。

そうやって、僕は本格的に、推理小説研究会の一員となった。

まるで普通の人みたいに、ウソみたいに幸せな毎日だった。

サークルは楽しかった。坂居会長はいつだって大騒ぎを起こして、僕達を驚かせた。雀ノ宮さんはとてもいい先輩で、同じ学科ということもあり、よくレポートを見せてくれたり、テストの傾向を教えてくれたりもした。他の人達とも仲良くやれている。サークル内で流行っている対戦型のパズルゲームでは、僕は三位という高順位をマークした。これは名誉なことであり、ちょっとした自慢でもある。

安藤さんというとびきりステキな女友達も出来た。

食事もひとりで取ることはなくなった。

砂吹は相変わらず僕の部屋に顔を出し、酒を飲んではギターを弾いた。

何より、僕のそばには、いつもジョナさんがいた。

僕は幸せだった。

この幸せが長くは続かないということを、思い出さない限りは。


ある日の夕暮れ、サークルの書庫で本を読んでいるときのこと。

ふと顔を上げると、窓辺の椅子に座った彼女が、ぼんやりと外を眺めている。夕日が横顔を柔らかく照らしていた。

外に咲く花でも見ているのだろうか、少しだけ俯いて、髪が頬にかかった。

僕はページに視線を戻すこともできず、何も言えずにただ彼女の横顔を見つめた。

彼女の身体は透けていた。

ホテルで見た時よりずっと、彼女の身体は透明に近づいている。

半透明の彼女を見ているだけで、泣きたいような気持ちになった。

胸を掻きむしって、何かを叫びたくなるのだ。

僕の視線に気がついたのか、ジョナさんがふと振り向き、僕を見た。僕の気持ちなどにはまるで気がついていないかのように、彼女は僕を見て微笑む。

「今日はいい天気だな。なあ、日が暮れないうちに帰らないか。少し遠回りして、川の土手を歩いて帰ろう。きっと綺麗な夕方になるぞ」

視線が合う。ジョナさんの瞳に暮れる日の朱が輝いていた。僕は何も言えず、ただじっと彼女を眺める。

「ジョナさん」

小さな声で、僕は呟いた。

「最近さ、あんまり妄想とか、見ないんだ」

ジョナさんは驚いたように僕を見て、それからまた、窓の外に顔を向けた。

「お前が、現実に向き合おうと努力した結果だ。胸を張っていい。私も、とても嬉しく思うぞ」

ジョナさんの声は、あまり嬉しそうではなかった。

帰り道、僕達は川の土手をいつもよりゆっくりと歩いて帰った。

ふと、手に温かい感触がある。

驚いて隣を見ると、ジョナさんが僕の手を握っていた。

ジョナさんは一度だけ僕を見上げ、何も言わず視線を離した。

「……今日の夕飯、なんにしようか」

僕が言うと、彼女は少し考えた後で、カレーがいいなと呟いた。

「またカレーか。ジョナさんは味覚が発達してないな」

「お前、カレーをバカにするな。安い、簡単、日持ちする。いいことずくめだ」

まあ、確かにと僕は頷いた。

「そう言えば、ジョナさんが来てから、自炊することが多くなったな。食費も大分安くすんでるし。これも君のおかげか？」

「そうだろう。日々、お前の栄養状態と財政状況を考えて献立を提案しているからな」

「作ってるのは、僕だけどな」

最初はぼそぼそとしたやりとりだったけれど、少しずついつもの調子に戻りながら、僕達は会話を続けていく。

ジョナさんはアパートに辿り着くまで、僕の手を離そうとはしなかった。


いつか、ジョナさんが消えてしまう。

それはわかっている。何度も自分に言い聞かせてきた。けれど、別れというものは、いくら身構えていても、実際にやってくるとうろたえるものだ。

終わりの始まりは、ある日突然やってきた。

その日はなぜか朝から、ジョナさんの姿を見掛けなかった。

まあそのうち出てくるだろうと、授業に出て、部室で食事をした。けれどジョナさんが現れる気配はなかった。不安な時間を過ごした。その日はサークルには顔を出さずに、まっすぐに自分の家に帰った。

「ただいま」

おかえりと言う声は聞こえてこなかった。

「……ジョナさん？」

沈黙が怖かった。予想はしていた。今の僕は現実を受け入れようとしている。

幻覚を見る回数も、少なくなりつつある。

そして、ジョナさんは僕のただの妄想に過ぎない。

だから、妄想が見えなくなってしまったら、ジョナさんは……。

「ジョナさん！　どこだ⁉」

考えを振り切るように、僕は一度声を上げた。あのピンク色のウサギのぬいぐるみの姿を捜したけれど、六畳一間のアパートに、そんな巨大なものが隠れることのできる場所はなかった。

まさかこれで終わりなんてことはないよな。こんな唐突で、呆気ないものが終わりなんて、そんなことはないよな。

そんな考えが脳裏に浮かび、僕は拳を握った。

すぐに部屋を出た。ジョナさんを捜さなければいけないと思った。けれど、本当のところ、ジョナさんのいない部屋の沈黙に耐えきれなかっただけなのかもしれない。

小走りに大学へ急いだ。キャンパスを捜し回った。ひょっとしたらと考えて、サークルの書庫にも行った。書庫の中はシンと静まり返っていて、ジョナさんの姿はどこにもなかった。

ただひとりで町をさまよった。

もう日は暮れて、星がぽつぽつと顔を出し始めていた。空を見上げ、それから小さく息をつく。

「ジョナさん、どこに行ったんだ」

冷静に考えれば、ジョナさんは僕の空想の産物だ。僕から離れて存在できるわけがない。だとすればジョナさんが今ここにいないということは、世界中のどこにもいないと考えるしかなかった。

本当はわかってる。

どこを捜してもジョナさんは出て来ない。

それでも諦めることができなくて、真夜中まで、町のあちこちをさまよい続けた。

家に帰り、疲れ切って、布団を敷くことさえ億劫《おっくう》で、倒れ込むように眠った。

泣いてしまえば、ジョナさんとの別れを認めてしまうような気がして、泣くことはできなかった。

僕はひたすら気持ちをなだめながら、目を閉じ、暗く温かい眠りを待った。

そして翌日。

そのまま眠っていたはずの僕は毛布を被っていた。

テレビから流れる音に顔を向けると、ジョナさんが僕の隣に座って天気予報を見ていることに気付く。

まだ寝惚《ねぼ》けていた僕は、半ば夢かと思いながら彼女を見つめる。

「……戻って来たのか、ジョナさん」

「気がついたら、ここにいた」

ジョナさんはテレビから目を離さずに言った。

「……いなくなったかと思ったんだ。もう二度と会えないのかと、少し思った」

僕はそう、小さな声で言った。

「心配をかけたなら、悪かったな」

「いいんだ。戻って来てくれたなら、それでいい」

彼女は俯き、深く息を吸って吐き出した。

「これでは、私の方が心配になる。たった一日、私がいなくなっただけで、こうも取り乱すようでは先が思い遣られるぞ」

振り向いた彼女と目が合った。彼女は無理に笑っているように見えた。かけるべき言葉は、僕には何も思い付かなかった。

「でも……それだけ心配してくれるのは、嬉しい気もするな」

ジョナさんは冗談のようにそう言って、またテレビを見つめる。

彼女の横顔は少しだけ赤く染まっている。


それからの数日間で、僕の世界は急速に正常に戻ろうとしていた。

山の向こうに巨大なウサギが顔を出すこともなく、突然多摩市がロンドンになることも、部室棟がエイリアンのうろつく月面基地になることも、ラブホテルが魔王の城になることもなくなった。

そして、妄想であるジョナさんの姿も、消えることが多くなっていった。

ジョナさんが消える現象は一度だけでは終わらなかった。

最初は一週間に一度だった。次は三日に一度。今では一日おきに、ジョナさんは消失している。

消失しているときの記憶は、ジョナさんにはないらしい。瞬きする間に、時間が飛んでいるような感覚だと彼女は言った。

永遠に会えなくなるときは近いのだろう。例えば高校時代の親友のように、一年前、一目惚れした電柱の彼女のように。

ジョナさんは自分がもうすぐ消えてしまうことについて、どう思っているのだろうか。そんなことを考えてみても、答えは出て来なかった。

だからと言って、直接彼女にそれを尋ねる勇気は、僕にはなかった。

ある夜のこと。

いつもならカーテンで部屋を仕切って眠るはずなのに、彼女はその夜、カーテンを開けておいてくれと僕に頼んだ。
断る理由はなく、戸惑いながらも言葉に従った。
その日、深夜に至るまで、ジョナさんはたくさんのことを話した。
それはジョナさんが僕と出会ってからの、色々な出来事についてだった。
夕食の話、一緒に歩いた土手の道、青学祭でのこと、ラブホテルでの一件について、
彼女は天井を見つめたままとりとめもなく話した。僕はその話に、相槌《あいづち》を打ったり、
笑ったりしていた。
カーテンの隙間から、月明かりが入り込んでいた。町は寝静まっている。静けさと
青い光に満ちた部屋の中で、ぼそぼそ喋るジョナさんの声は、とても心地よい響きを
持っていた。
そのうち眠くなってくる。目蓋《まぶた》を閉じるのと同時に、手に温かい感覚があった。
ジョナさんが、僕の手を握っていた。
悲しくて仕方ないとき、ひとりでいるのが怖いときに、誰かの体温が感じられるの
は、とても幸せなことだと彼女に伝えたかったのだけど、それを伝える前に、僕は眠
りに落ちた。
そして、翌日には、ジョナさんは消えていた。

次の日も、その次の日も、彼女は僕の前に現れてはくれなかった。

その日は雨が降っていた。ジョナさんが消えてから、もう五日が経っていた。ひょっとしたら、二度と現れることはないかもしれない。そんなことを考えては、きっとすぐに戻って来ると慌てて否定する日々が続いた。

もう来てしまった終わりを、僕はどうしても受け入れることができなかった。どうにも気持ちが上向きにならない僕は、残りの講義を欠席することに決め、気を紛らわそうと、図書館に入った。

この大学の図書館はやはり他の建物と同じく、雑居ビルをそのまま図書館に改修したような趣がある。

研究系の資料が置いてある四階五階は、天井が低く、配管や電線がコンクリートの下で向きだしになっている。

特に読みたい本があるわけでもなく、レポート用に研究資料を二、三冊借りていくつもりだった。

ふと、本棚の間をピンクの二足歩行ウサギが歩いて行くのが見えた。

「……ジョナさん？」

慌てて後を追いかけるが、ジョナさんの姿は見あたらない。袋小路なのに。まるで煙のように消えてしまった。

いや、消えたんじゃない。最初からいない。

「……当たり前じゃないか。彼女は僕の妄想なんだぞ」

吐き捨てるようにそう言って、それでもどこかにジョナさんの痕跡《こんせき》が残っていないかと本棚を何気なく眺める。

そこには、たまたまこの棚に紛れ込んでいたのか、それともこれも、僕の妄想のなせるわざなのか。

『カモメのジョナサン』

と書かれた薄い文庫本が、ハードカバーの参考資料の中に挟まっていた。

図書館の外を出ると雨が降っている。ひょっとしたらこれも僕の妄想なんだろうか。

そんなことを少しの間考えたけれど、どうせ答えなんてわからないのだと、その疑問を深く追求するようなことはしなかった。

図書館から出ると、雨は益々強くなっている。

傘を持ってきてはいたものの、雨の強さにほとんど傘を差す意味がなかった。ずぶ濡れになって、アパートに戻り、扉を閉める。雨に濡れた身体には、部屋はとても暖かいように思えた。

部屋の中は静かだ。

根拠もなく、今日こそいると思っていたジョナさんはいない。

最近はずっと二人で暮らしていたせいか、六畳一間のこの部屋がやけに広く思えた。トタンの屋根を叩く雨音はなんだかやけに大きく聞こえた。窓の外は暗い雨雲に覆われていて、見慣れた景色はモノクロ映画のように憂鬱《ゆううつ》そうに見えた。

テレビでは、これからしばらくはどんよりとした天気が続くだろうと放送していた。

冬も近付いて、人恋しい季節になりますね。風邪など引かないよう、注意して毎日を過ごしましょう。

そんな声がテレビから聞こえてくる。

カモメのジョナサンを借りてみたのは、ほんの気まぐれだった。二足歩行のウサギが消えた先にジョナサンだ。なにかしら、運命のようなものを感じたとしても、別に責められはしないだろう。

その作品は空を飛ぶことをひたすら追求し続ける一羽のカモメの物語だった。

そこにどのような哲学が込められているのかは、浅学な僕にはさっぱりだったけれど、やたらと印象に残っているシーンがある。

ジョナサンは『飛ぶこと』をかつての同胞達に教えるために、友人を置いてひとり現世に戻っていく。僕は置いていかれる友人サリーに深く同情した。

「さらば、友よ」

本の中の一文を口の中で呟いていた。少し、乾いた笑い声を上げる。

天井を見つめる。目をきつく閉じる。

重く騒々しい雨の音が聞こえてくる。

彼女は、僕を現実に引き戻すことを目標としていた。

そして僕は今、現実に戻ろうとしている。

だから、ジョナさんはもう二度と帰って来られないのかもしれない。

携帯電話を手に取った。少し前まで、自分の親の番号しか登録されていなかったその携帯には、今はたくさんの人の番号が入っている。

僕は安藤さんの番号を選択し、電話をかけた。

電話をかけるのに、もう緊張したりはしない。これもジョナさんのおかげだ。

「安藤さん」

電話に出た彼女に、僕は低い声で言った。

「僕の妄想について、少し相談に乗ってほしいことがあるんです」


翌日も雨は続いた。肌寒く、外を歩くのにコートが必要だった。

その日も空は重たい灰色の雲に覆われていた。

ここのところ雨ばかりだ、などと頭の隅で憂鬱に考えていた。

いつものように校門の前を通り過ぎ、きつめの坂を登ろうとしたときだった。

彼女を見た瞬間、一瞬気が遠くなった。

あの一年前の春と同じように、彼女は本を読んでいる。長い黒髪、時折ページをめくる白い指の動き。口元に浮かんだかすかな笑み。少し伏せた目と長い睫。ロングスカートにクリーム色のカーディガン。

彼女は本から顔を上げて僕を見つめる。その瞬間、僕は一年前に逆戻りしたような気がした。

電柱の彼女は、僕を見ると微笑む。

握り締めた手の平が汗で湿った。

「こんにちは。待っていたわ」

彼女は笑って言った。その声の調子でわかる。この人は電柱の彼女じゃない。

「安藤さん……」

「どうしたの？」

僕の視線が気になったのか、彼女は自分の姿を見回した。

「たまにはイメージ変えてみようかなって思ったんだけど……似合ってない？」

僕はただ小さく頷いた。彼女は笑って、行きましょう、とだけ言った。

傘に雨の当たる音が、やけに大きく聞こえた。


「妄想っていうのは、立派な精神医学の用語なのよ」

狭苦しい研究室で、安藤さんは言った。

窓の向こうでは、昨日からの雨がいまだに衰えもせず降り続けている。

ここは大学のゼミ室のひとつで、彼女はここで教授の助手をしているらしい。

事務机が二セット。それからソファ二つとガラス卓がひとつ。リノリウムの床と防音仕様の天井。応接と研究を目的としている場所らしい。

白衣を着た安藤さんはこの部屋にやけに似合っていた。

「君の話に関しては、砂吹からよく聞いてるわ」

「……僕を普通じゃないと言っていましたか？」

視線を落としてそう尋ねると、安藤さんは少し笑った。

「あなたが普通じゃないとしたら、砂吹みたいな奇人は最早人間じゃないわよ」

安藤さんの笑いを含んだ声に顔を上げ、確かにそうだと僕は頷いた。

「ここからは単なる与太話《よたばなし》として聞いてね。本来、治療したいというなら、しかるべき資格を持つ人間が、きちんと対応すべきなんだろうけど、どうやら君はそれを望んでいないようだし」

もちろん、治療を望んでいるわけじゃない。

むしろその逆の目的でここに来ていることは、すでに昨夜、安藤さんに電話で伝えてある。

「妄想っていうのはね、妄想してる本人にはそれが妄想だと認識できない場合が多いの。明らかに現実ではない何かを信じてるのに、自分は正常だと思い込む状態ね」

彼女は僕の前にコーヒーカップを用意してくれた。香ばしい匂いが漂ってくる。

「……僕は自分が普通じゃないことを知ってますよ」

「うん。もちろん、そういう場合もある。妄想と現実の境がわからなくなりながらも、何かが違うことだけはわかってる。二重見当識と呼ばれてるわ」

安藤さんは自分の分のコーヒーを一口啜り、再び謎めいた瞳で僕を見つめる。

「あなたの場合は幻視症状に傾いた妄想状態ね。これもそれほど、珍しいケースじゃないわ。神経変性疾患と呼ばれる病気の際に発症することが多いの。ようするに、アルツハイマーとかに見られる症状のひとつよ」

「あ、アルツハイマーですか⁉」

「例えば、の話よ。君の場合、妄想以外は正常な社会生活を送る能力があるようだから、これは排除されると思う」

彼女の言葉に、胸をなで下ろす。

「……だとすると、一体何が原因なんです」

「断定するのは危険だけど、簡単に言ってしまえば、元々気質的に、妄想を抱きやすいところに『妄想する』という行為自体に目的ができてしまったと考えられるわ」

「妄想に……目的？」

「妄想は多くの場合、自分に関わる内容であることが多いの。誰かに見られているとか、持ち物を盗まれたように思い込むとか、あるいは、自分が総理大臣だと勘違いしたり。多くの場合『自分』について極端にポジティブだったり、ネガティブなイメージがつきまとうものなのよ」

安藤さんはコーヒーカップをテーブルにおいて、じっと僕を見つめた。

「まあ、当然よね。自分にとって、最も注目すべきものというのは常に『自分』なんだもの。人は『自分』というフィルターを通して世界を覗き見る。精神活動の中心は常に自分。だから異常とはいえ精神活動の結果である妄想は大体『自分』の状態に対して起きる。自分は偉人の生まれ変わりだとか、誰かに攻撃されてるとか、そういう妄想を抱くわけよ」

安藤さんは、話についてこられているか、確かめるように僕を見つめ、僕は小さく頷いた。

「じゃあ、次に考えるべきなのは、『自分』というものを中心に考えていったとき、君の状況をどう分析できるか、ということ」

安藤さんはじっと僕を見つめながら言った。

「簡単に言えば『妄想を抱いているという自分』を妄想してるんじゃないか、と思うのよ。自分は妄想家だ、という妄想ね」

「……ややこしいですね」

「そう、ちょっと複雑ね」

「で、なぜそんな妄想を抱くかについてだけど、これは学派の分だけ説がある。どう解釈するかによってその結論は千差万別。その中で、君の状況を解釈しやすい考え方を選ぶとしたら『妄想が現実世界からの避難場所になっている』という一説ね。妄想イコール精神安定剤という見方よ」

「……ジョナさんも同じことを言ってました。僕が精神的に強くなり、現実世界を受け入れることができたら、そのときは妄想も消えるって」

「ジョナさんというのは、あなたの妄想ね？」

少しためらったのち、僕は小さく頷いた。

「君の妄想がそう言うなら、そうなんだと思うわ」

「教えてください！　どうすればジョナさんを消さずにすむんですか⁉」

僕は身を乗り出してそう尋ねた。

安藤さんは少し驚いたように、目を丸くして僕を見つめる。

「す、すみません」

気まずい思いをしながらも、僕は席に座り直した。安藤さんは小さく息をつく。それから、そうすればこちらの心を見透せるとでもいうようにじっと僕を見つめた。

壁に掛けられた時計の秒針がやたらと大きく音を立てている。

「君、そのジョナさんという妄想に、どういった感情を抱いてるの？」

安藤さんの真剣な表情に、一瞬言葉を詰まらせた。

どういった感情を抱いているのか自分でもわからず、無意味な言葉の羅列が群れになって脳裏を舞った。

「……一年前」

僕はそう呟いていた。

「一年前の春、僕はある女性に恋をしました。彼女はとても美しい人でした」

偶然なのか必然なのか、目の前にいる、その美しい人とそっくりの女性を見つめて僕は言った。

「彼女と僕は親しくなり、互いに話をするようになりました。でも……」

あの時のことを思い出し拳を作り、ゆっくりと手を開く。

「でも、彼女は僕の妄想だった。存在すらしていなかった……でも、本当につらかったのは、そんなことじゃありませんでした」

彼女は何も言わずにただ僕を見つめており、それが、僕にもっと喋るように要求しているようにも思えた。

「一番つらかったのは、彼女が本当に存在するかどうかではなくて……僕の前から永遠に消えてしまったということです。高校生の時も同じようなことがありました。僕が大切だと思う人に限って、ただの僕の妄想で、やがて消えていってしまうんです」

僕はじっと安藤さんを見つめる。

「これで三度目なんです。もう悲しい思いをするのは嫌なんだ。また同じことを繰り返すくらいなら死んだ方がマシだ!」

僕は彼女に頭を下げた。

「彼女を消さずに済む方法を教えてください、お願いします!」


外の雨はますます強く窓を叩いた。厚い灰色の雲は空を覆い尽くしている。

安藤さんが立ち上がり、電灯のスイッチを入れた。

無機質な光は小さな研究室を照らし出し、ウソくさい現実をジリジリと照らした。

妄想を持続させるのは簡単だと、安藤さんは言った。

自分は君の医者ではないし、君が治りたくないというなら、治す必要はないと考える。人はみな自分の人生に責任を持つべきであり、責任がある以上、自分が進むべき道を自由に決める権利があると言った。

「……と、君に言ってる時点で、自分に対する言い訳なのかもしれないけど」

そう、彼女は複雑そうな表情で前置きして、話を続ける。

「現実を否定しなさい。現実からどこまでも逃げて、逃げて逃げて、その先にあるものを覗いてきなさい。これまでと同じように。これまでより強く。それで、妄想は持続できるはずよ」

安藤さんは静かに言った。

「多分、君の妄想はもうとっくの昔に治っているのよ」

雨の音が聞こえた。

「消えていこうとする妄想を、あなたは自分で繋ぎ止めて、くだらなくて、汚くて、自分を認めようとしない現実から逃避するための装置として使っているの」

否定しようと思ったけれど、否定するための言葉が出てこない。

あるいは、そうなのかもしれないと思った。

けれど、だからどうしたとも思った。

「話は簡単だと思うわ。君が現実を必要ないと思えば、妄想は続く。当然、空想の彼女も、消えずにすむでしょう」

ただ友人として、と安藤さんは付け足した。

「君が本当に、それで幸せになれるとは思えないわ。妄想に逃げ続ける以上、今まで感じてきた、疎外感や孤独はついて回る。君はずっとそれらと一緒に生活するつもりなの？」

その問いには、なんと答えていいのかわからなかった。

「君のその、絶対に消したくない大切な妄想は、なんて言ってたの？　何を望んでいるの？　なんのために現れたの？」

彼女の希望は、僕を現実に立ち向かわせて、妄想から遠ざけること。僕は目を閉じ、小さく息をつく。

僕はコーヒーをもう一口飲んで、彼女に礼を言ってその部屋を後にした。

安藤さんに会った翌日から、必要最低限の用を別にしてアパートから一歩も出ることのない生活を送った。

サークルの人々には悪い風邪だとウソをついた。

僕はジョナさんの消える現実を否定し、ひたすら妄想し続けた。

それから数日間で再び僕の世界は妄想に侵され始める。

これによって安藤さんの見解は正しかったことが証明された。僕の心持ちひとつで、妄想はその規模を急激に拡大することもできるし、消え去ることもできる。

治したいと言いながら、とっくに治っている妄想に、僕はずっと逃避していた。

ジョナさんのおかげでようやく妄想は消え始めたというのに。

ジョナさんを取り戻すために、僕はもう一度妄想に耽溺する。

以前とは比較にならないほど、妄想は溢れた。

夢と現実は曖昧になり、頭の中にある記憶が現実を塗り替え始めた。

何もする気にならず、昼間から畳の上で眠り、ふと、子供の声に目を覚ました。

なぜか窓の向こうに、小学校の教室が見えた。

教室を覗けば、そこには木板の床と小さな学習机が並んでいた。黒板には月日と日直の名前を書く欄がある。

外は雨が降っていたはずなのに、教室の窓の向こうには晴れ渡った空があり、小さな雲がひとつきり、ゆっくりと青天を掻いて進んでいく。

これは、小学生の頃の僕の記憶だ。

細部ははっきりとはせず、ぼやけていた。

女の子が立って、『スーホの白い馬』を読んでいた。

それは僕が好きだった女の子で、彼女はみんなの前で朗読するのが恥ずかしいのか、少しだけ頬を赤らめていた。

小学生の頃の僕がその様子を、目を大きくして見つめていた。

やがてチャイムが鳴って、昼休みになったらしい。みんな楽しそうに教室を出て行く。僕は彼女と二人きりになった。

話をしてみたいと強く思ったけれど、声をかける勇気はなかった。

そうだ、僕にはいつだって、勇気が足りなかった。


妄想の質が変わった。ような気がした。

色々な思い出が、自分の部屋に、よく通うコンビニに、歩き慣れた裏道に氾濫《はんらん》した。

大体幼い頃の記憶であることは、何か意味があるんだろうか。

公園を歩けば、幼い僕がいじめられていた。

土手では、初めての親友が消えるのを目の当たりにして、呆然としている僕がいた。

雨が降れば、ずぶ濡れになりながら、レインコートを抱えて走る僕の姿があった。

ある路地では、僕は猫を拾っていた。アパートから見える家の庭先で少し大人になった僕が死んでしまった猫のために墓を作っていた。相手が偽物ではなく本物でも、別れの時はあるのだと僕は知って、そのことを痛感していた。

まるで僕の生い立ちを追うように、数多くの妄想が現れた。

それなのに、ジョナさんは現れなかった。

これが本当に最後なら、あまりにも呆気ない最後だと思う。ちゃんとした別れの言葉さえ、僕はまだ口にしていなかった。

とにかく、彼女に会いたい。引きこもり生活を続けて、妄想にまみれてジョナさんを待つばかりだ。

「いい加減、諦めろ。あの女、もう現れないぞ」

ある日、顔を洗っていると流しの中から緑色のカエルが僕を眺めて言った。

その日も、土砂降りの朝だった。季節外れにもほどのある台風が近づいているのだ。今夜、この町を通過することになっていた。

バタバタとトタンの屋根を叩く雨の音を聞きながら、僕は苛立《いらだ》たしい気持ちでカエルを見つめた。

「いいじゃないか。あの、こうるさい女は現れなかったが、おなじみの妄想世界が戻って来た。また作ればいいじゃないか。親友なり、恋人なり。いくらでも、お前の思うがままだ」

「うるさい」

「まあ最も、妄想に引きこもったのは賢い選択だったぞ。お前みたいな弱いヤツが現実を受け入れられるわけがない。お前は妄想を相手にするくらいでちょうどいい」

「うるさい、うるさい！」

思わず叫んだ声に、玄関から物音がした。

「盛大に叫んでいるな。近所迷惑もいいところだ」

そう言って現れたのは、砂吹だった。

鍵をかけるのを忘れていたことを今さら思い出した。

「やあ、酒盛りに来たよ」

そう言って、彼は一升瓶を掲げた。

「……今、そんな気分じゃないんだ」

「そんなことを言うな。せっかく来てやったんだから」

何か答える前に、砂吹はいつものようにズカズカと僕の部屋へと足を踏み入れた。

外は暗い雨の夜。僕と砂吹は向かい合って、ただ黙々とコップに注いだ酒を飲み続けた。僕は何も話をする気にはならなかったし、砂吹も何も言いはしなかった。

雨の音がやたらとうるさかった。季節外れの台風が上陸しつつあるという話を、朝、ニュース番組でやっていたのを思い出す。

「君と出会ったのも、こんな嵐の夜だったな」

「……なんだ、突然」

「いやあ、ちょっと懐かしかっただけだ」

砂吹は何を考えているのか得体の知れない表情で僕を見た。

「私が占いが得意だということは話していたはずだな」

「初耳だ」

「私くらいの大物になると、顔を見ただけで、その人間の性格、過去、現在、未来。進むべき道、頭を抱える問題への解決法、人間関係のこじれの修復から学力向上の秘訣まで、なんでもお見通しなのさ」

「……限りなくうさんくさいな」

彼は酒の入ったコップを持ち上げ、目を細めてコップ越しに僕を見つめる。コップの向こうで砂吹の顔が奇妙に歪《ゆが》んで見えた。

「君は今、迷子になっている。現実と妄想の狭間で、想い人を捜してさまよっている」

笑い飛ばすには、砂吹の声は妙に真剣で、重かった。

「……安藤さんが教えたんだな？　内緒にしてくれって言ったのに」

「君は愚かだ」

「なんだよ、急に」

変わらず重い砂吹の言葉に僕は彼を見つめた。

「君の悩みを、多くの人々はくだらないと笑うだろう」

「知ってるよ、そんなことくらい」

なにせ、僕の恋愛にはそもそも相手が存在しない。

最初から最後まで、僕の妄想だけで完結する、ただの一人遊びだ。

部屋のどこかでゲコとカエルの鳴く声がした。

「君は実在しない人物に恋をし、そのために現実を否定している。愚かだ。なぜなら君が存在する世界は君の妄想など気にも留めていない。客観的に見て、君の行動は奇妙で奇天烈《きてれつ》で、少し恐ろしい」

「わかってるって言ってるだろ」

僕は俯き、拳を握り締める。

「わかってる。わかろうとしてる。何度も自分に言い聞かせた。ジョナさんはいないんだ！　僕の妄想だ！　そんなこと百も承知だ。でも……でもダメなんだ。否定しようと思えば思うほど、ここにいないと思えば思うほど……どうしようもなくなる」

こうしている今だって、頭の中には、ジョナさんの笑顔がある。一緒に買い物をしたり、食事をしたり、つまらないことでケンカをしたりした。

いつも怒っているくせに、本当は結構臆病なところがあって、僕のことをいつも真剣に考えてくれて……僕の幸せを、自分の幸せのように喜んでくれる。

彼女が元から存在しないとか、そんなことを言われても実感できない。

だって、僕はジョナさんと話をした。この部屋でずっと一緒に生活してきた。

「だが私はくだらないとも、馬鹿馬鹿しいとも思わない」

「……なんでだよ」

コップを置く音がした、沈黙が部屋に満ちた。

「君の見たものが君の事実だ。君の思い出も、今胸にある感情も君だけのものだ。他の誰に否定できる。君がそれを恋と思うなら、それは恋だ。君が彼女がいたと思うなら、彼女はそこにいたんだ。それは君だけに通じる限定的な事実だが、事実であることに代わりはない。だから——」

一度言葉を切り、再び、砂吹は言った。

「自分の気持ちを否定するのは、いい加減やめたまえ」

顔を上げる。

砂吹はただじっと僕を見つめた。何を考えているのか、今までよくわからなかったけれど、今、この瞬間だけはよくわかる気がした。

急に、部屋がぼやけた。頬が濡れる感覚で、自分が泣いているのだとわかる。

顔を伏せて、ただ僕はじっとしていた。

自分の悲しみの大部分が、どこにあるのか、ようやくわかった気がした。

ジョナさんに会いたかった。あの笑顔をもう一度見たかった。

その声を、もう一度聞きたかった。

伝えたいことがたくさんあった。

でも、ジョナさんはもういない。どこかに消えて、もう二度と現れることはない。

「君が望めば、彼女との再会は不可能ではないだろう」

突然の砂吹の言葉に、僕は顔を上げた。

掠れた声で、どうやって、と呟く。彼はいつものように、表情の見えない顔で僕を見つめている。

「教えてくれ……」

僕は呟き、次の瞬間には、砂吹に迫っていた。

「教えてくれ！　今すぐに！　どうしたら会える。どうしたらもう一度、彼女に会うことができるんだ。伝えていないことがたくさんあるんだ！　もう一度ジョナさんに会えるなら、僕は死んだっていい！」

彼はじっと僕を見つめた。落ち着けと言われているような気がして、僕は彼の肩から手を離した。

「安藤の推測の中で間違っていたことがたったひとつある。しかしそれは、とても根本的な間違いだ」

わずかな沈黙の後、彼はそう言った。

「私の観察した限りでは、君が急に社交的になり始めたのは、ジョナさんとやらのせいだと思えるが、それに相違はないか？」

彼の言葉に、僕は小さく頷く。

「やはりか……安藤が見落としたのはこの点だ。君の想い人は、君の現実に向き合いたいという無意識の現れと考えられる」

彼女が初めて、僕の目の前に現れたときのことを思い出す。

彼女はとても偉そうで、僕を現実に導くことが自分の存在理由だと言っていた。

「ああ、そうだ。だが、それが一体どうしたって――」

言葉を切る。ようやく砂吹が何を言いたいのかわかった。

ジョナさんは僕の願望の結晶だったはずだ。

それなら、僕がもう一度、妄想を捨てて、現実の世界に生きたいと強く強く願ったなら、そのときは――。

「彼女を遠ざけていたのは、僕だったのか」

「そうだ、君が妄想の中に引きこもっている限り、彼女には絶対に会えない」

砂吹の言葉に、推測は確信へと変わる。

「彼女はどこにいるんだ」

「現実と妄想の狭間だ。今まで、君がいたところだ」

「どこに行ったら会えるんだ」

砂吹は立ち上がり、ゆっくりと去っていく。

「ま、待ってくれ！　教えてくれ、どこに行ったら会える！」

思わず追いかけようとしたとき、砂吹がゆっくりと振り返る。

「私に聞いたってわかるはずがない。それを知っているのは君しかいない」

「でも……」

「捜してくるといい。彼女がいると、君が思える場所だ。そこにきっと、彼女はいるだろう」

そう言って、砂吹は帰っていった。ドアを閉める音が、やたらと大きく聞こえた。

部屋に取り残された僕は、しばらくの間、その場に呆然としていた。

もう一度会えるという気持ちと、きっと、これを最後に二度と会えなくなるだろうという気持ちが同時に湧き起こった。

喜びと悲しみが同時に襲った。

気がつけば、僕は外に飛び出していた。

真っ暗な夜だった。空は分厚い雲に覆われ、星も月も見えない。大粒の雨は強い風に吹かれて、肌に叩きつけられた。

どこに行けばジョナさんに会えるのか、どこにも当てはなかった。でも、このままじっとしているつもりはなかった。

心の中で何度も何度も、妄想はもういらないと呟きながら、雨の中を走る。

雨を吸って、服は信じられないほど重たくなった。靴の中にまで水が入ってきた。熱を奪われ身体の表面は冷え切っているのに、内側ばかりが妙に熱い。走るたびに水が跳ねて、バシャバシャと派手な音を立てる。

ジョナさんの名前を呼んで、とにかく走り続けた。台風が近づいているせいか、雨はますます酷くなる。やがて体力の限界がやってきた。立ち止まり、僕は喘《あえ》ぐように息を吸った。

膝を押さえ、俯いて……それから、かすかに笑い声を聞いた。

忘れもしない、ジョナさんの笑い声だった。

顔を上げると、ピンク色の巨大なウサギが路地裏へと消えていくのが見えた。

彼女の名前を叫んだ。疲れなんて、一気に吹き飛んだ。

慌てて追いかけ、路地裏に走る。

路地の角には、小さな子供がいた。一目見て、幼い頃の自分だとわかる。迷子になった飼い猫を泣きながら捜している小学生の頃の僕だ。

僕の記憶が、妄想となって現実に溢れ出している。

再び、ジョナさんを捜して走り始める。

思い出は幻像となって、気がつけば町のそこかしこに現れ始める。大学の受験を受けようと、緊張気味の表情で、キャンパスに向かう僕がいた。酔っ払ってふらふらになって砂吹と一緒に千鳥足で歩く僕がいた。

大雨の中、泣きながら歩く一年前の、傷心の僕とすれ違った。

僕は彼の背を見送り、再び走り出す。妄想から逃げ出すためではない、妄想に最後の別れを言うために。

そうだ。現実を望まなければいけない。そうしなければ、もう二度と彼女に会うことはできない。

強く強く、僕は妄想の消失を望んだ。

そして……僕と一緒に、土手を歩く彼女を見た。

二人の周囲だけ、スポットライトが当たったように、見事な夕暮れの風景が包んでいる。

「ジョナさん！」

思わず声をかけ、走り寄った。けれど思い出は近づくと、風に吹かれる砂のように消えてしまった。

走れば走るほど、彼女の面影は様々な場所でちらついた。

夕飯の材料を買った帰り道、同じ部屋に戻るために歩く二人。ビニール袋を両手に持つ僕の前をジョナさんは楽しそうに歩いていて、振り返る彼女は笑顔だった。

青学祭で、推理小説研究会のチラシを手に、金の力で友人を手に入れるのだと力説するジョナさん。

ラブホテルの門の前で、僕の持ったゲーム機の画面を覗き込むジョナさん。

いつの間にか、雨は止んでいた。

僕は、大学のキャンパスに立っている。

やはりここにも思い出ばかりが溢れていて、ジョナさん自身を見つけることはできなかった。

雨が止み、濡れた闇に、見下ろす町の灯りがやけに輝いている。

目を転じれば、手を繋いで一緒に走るジョナさんの姿が見えた。青学祭の時の、あの推理イベントだ。あの時は必死でその表情まではわからなかったけど。今、手を繋いで走るジョナさんは少しだけ頬を染めて、楽しそうに笑っている。

そこだけはスポットライトが当たったように、晴れた秋の空で、暗い夜の中にいる僕には、それがとても懐かしいもののように思えた。

静止画のようなその一場面は近づくとやはり、消えてしまう。これはもう過去の出来事だ。現在の僕に、触れられるものじゃない。

身体から力が抜けていく。

「……無理だろ」

重たい喪失感が身体を支配した。

知らずにそう、呟いている。現実になんて戻りたくない。青学祭のイベントに出られたのも、色んなことを経験できたのも、サークルに入れたのも、たくさん友達ができたのも、全部ジョナさんのおかげだった。

全ての真ん中に彼女はいた。

「現実に戻ったら、もう二度と、ジョナさんに会えないんだろ。そんなの嫌だよ」

声は掠れていた。急に、疲れが襲ってきた。

「一緒にいたんだ。一緒に生活してた」

掠れた声は、抑えようのない感情に少しずつ大きくなる。

「食事だって一緒に食べた。つまらないことでケンカして、たくさん怒って、仲直りして、それでまたたくさん笑って！　色んなことがあって、それでもいつもそばにいたんだ！」

叫び声は、夜の闇に虚しく響いた。

喘ぐように息を吸う。涙が溢れた。

「ジョナさんが本当は存在しなかったとか、ただの僕の妄想だとか、そんなのはどうでもよかった！　僕はただ、彼女が好きだったんだ！　だから、頼むよ！　出てきてくれよ！　お願いだから!!」

心から叫んでいた。立っていられなくて、僕はその場に座り込んだ。

「あんなに一緒にいたのに……いきなりいなくなるなんて、そんなのないだろ」

水たまりが跳ねる音がした。

誰かに遮られて、影ができる。

「おいぼんくら」

突然、声が聞こえた。聞いたことのある声だった。懐かしい声だ。

顔を上げるとそこには巨大な、二足歩行のウサギがいる。

「おまえの呆れ果てた臆病振りに、私は心底うんざりしているんだ。変態、臆病者、怠け者の上に望みだけは高いときては始末が悪い」

僕は何も言えず、ただ彼女を見上げていた。

ウサギは自らの頭を両手で摑むと、自らの首を引きちぎるかのように、グルグルと頭を回し始めた。

まるで、初めて彼女と会ったときと同じように、ウサギの首が取れる。

そこには、ジョナさんがいた。

「また会えるとは、思わなかった」

冷たい秋の月明かりに溶けるように、ウサギの着ぐるみは溶けて消えていく。

正真正銘、そこにはいつもの彼女の姿がある。

「……ジョナさん」

彼女は笑ってみせた。白い月が彼女の顔を美しく照らしている。

「立て。泣くな。みっともない」

ジョナさんはそっと僕の手を取り、僕はゆっくりと立ち上がる。何か言いたかった。伝えたいことはたくさんあったはずなのに、なぜか言葉が出てこない。

「今日はお別れを言いに来た」

彼女の言葉が、身体を重たくする。

「……どうしてもなのか？」

やっと出た言葉は、そんな疑問だった。

「ずっと一緒にいられる方法はないのか。僕は君と一緒にいるためなら——」

彼女は首を横に振る。

「元々私は、お前を現実に導くための存在なんだ。お前が現実に向かい合いたいと思い続けていること。妄想を見ることのできる状態にあること。どちらがかけても存在できない」

ジョナさんは僕の手を強く握った。

「私がここにいるということは、お前はまだ現実に望みを持っているということだ。お前が現実から逃げても、現実に立ち向かっても、私は消える。どうせ消えるなら、お前の願いを叶えて消えたい」

彼女の声は、とても小さかった。けれどそこに迷いはなく、確かな意志のようなものが感じられた。だから僕は、頷くことしかできなかった。

「お前が幸せに笑っていられるような毎日であってほしいと思ってる」

彼女はまっすぐに僕を見る。

それは彼女自身が何度も何度も考えて出した答のような気がした。

なんて温かい手だろうと、僕はどこかで思っている。

「お前が毎日楽しく暮らせて、サークルの連中とも仲良くやれて、親友がいて、友達もたくさんいて、いつか恋人ができて、結婚して、子供ができて、家族がいて、そういう当たり前の、でもとても貴重な幸せが、お前に訪れるように、心から祈ってる」

拳を握り締める。引き寄せて、思い切り抱きしめて行くなと叫びたかった。

ジョナさんと一緒にいられるなら、現実だっていくらでも諦められると思った。

けれど、そうしてしまえば、やはりジョナさんは消えてしまう。

今、目の前にいるジョナさんの気持ちもこの笑顔も踏みにじってしまうことになるだろう。

「……ひとりでやるよ」

絞り出すように僕は呟いた。自分のためではない。ジョナさんのために言うのだ。

「サークルの人達とも仲良くやる。友達だってたくさん作る」

彼女をまっすぐに見つめて僕は言う。

「いつか、ジョナさんが驚くくらい、素敵な恋人を作るよ。そのうち、結婚してさ、かわいい子供ができて、そしたら、寝物語に君のことを聞かせるよ。昔僕はこんなにも臆病で、弱くて、君が、そんな僕を助けてくれたことを、必ず話す」

言葉を重ねるたびに、ジョナさんの身体は薄く、透明になっていく。

他の誰でもない。僕の言葉が彼女を消すのだ。その重たい事実に、涙が出た。鼻水を啜り上げる。それでも僕は言葉を止めようとは思わなかった。

「君の手助けは、もう必要ない。ひとりで平気だ。妄想の中に、逃げ込んだりしない。引きこもったりしない、食事だってちゃんとする。だから……だから……もう、お別れなんだ」

顔を上げて、ジョナさんを見つめる。彼女は僕を見て笑っていた。頬を流れる涙が、月に白く輝いていた。

「こんな私でも、お前の役に立ったなら嬉しい」

ジョナさんは小さな声で静かに言った。

「ひとつだけ、言わせてくれ。お前の妄想でしかない私に、こんなことを言う権利があるのかわからないけど」

消えかかったジョナさんは、頬を朱に染めて、幸せそうに僕を見つめた。

「大好きだった」

「……僕もだ、大好きだった」

ジョナさんは笑っていた。今まで見た中で、最高の笑顔だ。

だから、僕も笑わなければいけないような気がしていた。

「さよなら」

「さよなら」

ジョナさんの姿はゆっくりと月の光に溶けて消えた。

ジョナさんが消えてからも、僕はずっとその場に佇んでいた。

彼女の温もりが、まだこの場所にあるような気がしたのだ。

いつの間にか、雲は晴れて、夜の空には白い砂をばらまいたような星が輝いている。

キャンパスから見下ろす町の光は、少しだけ滲んで見えた。

「まあ、そんな感じでさ、今回は今までの慣習を取っ払って、ゲーム機を使ったイベントを企画してるんだ」

「ふふん。そんなことを私に言っていいのかな？　下手をすると三百万を獲得してしまうかもしれないぞ」

「そうならないように色々やってるんだよ。ぜひ参加してくれ。参加費は我がサークルの財政の助けとして、ありがたく使わせてもらおう」

　あの別れの夜から一年が経った、ある秋の夕暮れ。

　僕と砂吹は、飲み会の準備にと、酒とつまみを買い出しに近所のスーパーへと出かけている。スルメ、カルパス、スナック菓子に、チョコレート、ビールに酎ハイにと、次々とカゴへと投入していく。

「あー今日の飲み会の参加者は何人だったか」

　砂吹の疑問に、僕は一度首を捻る。

「安藤さんと雀ノ宮さんだろ？　それから坂居さん。あとサークルの連中が三人くらい、後から来るって」

「君の部屋では少々手狭だな」

「まあ、なんとかなるだろ」

そんなことを言いながら、カゴに山と積んだ酒とつまみをレジに持って行く。

外に出れば、辺り一面が夕暮れの色に染まっていた。

砂吹と一緒に土手を歩きながら、くだらない話をして歩いていると、向こうに三つの人影が見えた。

安藤さんと、坂居さん、それに雀ノ宮さんだ。僕のアパートに向かう途中なのだろう。彼らの手にも重そうなビニール袋が吊《つ》り下がっていた。

「みんなも買って来たのか……消化できるかな」

「問題あるまい。安藤は驚くべき酒豪だしな」

砂吹の言葉に、僕は重々しく頷く。あの人についていけるのは砂吹くらいのものだろう。

安藤さんが僕達を見つけて、手を振った。

僕が手を振り返すと、彼女らは僕達を待つつもりらしく、土手の先でビニール袋を降ろす。

「砂吹、安藤さんとヨリを戻せよ。安藤さん、口じゃ豪快なこと言ってるけど、内心じゃ寂しがってるぞ」

「ふふん。君に色恋の心配をされるようじゃ、私もお終いだな」

そう言って砂吹は歩き出す。

「まあ、考えておこう」

砂吹の背中を見て、それから、僕も歩きだそうとする。

その時、ふと彼女の笑い声を聞いた気がして、振り向いた。

そこにピンク色の巨大なウサギがいるような気がしたのだけど。

やはり誰もいない。

僕は小さく息を吐きだした。

「おーい！　早く、来なよー」

安藤さんの声に、前に向き直り、再び歩き出す。

あの日以来、妄想を見ることはなくなった。

けれど時々、彼女との日々を思い出しては、懐かしいような、少し切ないような気持ちになる。

かすかな風が吹く。

見上げた夕空はどこまでも高く、綺麗な赤に染まっていた。

あとがき

本作は恋愛小説ですが、ヒロインが存在しません。

恋愛相手不在の恋愛小説となります。

バカにするなとページを閉じるのはやめましょう。

これから説明しますので、もう少々お付き合いください。


切ない恋の話を書こうというのが出発点でした。

その恋が、主人公の成長に繋がるようにしようということも考えていました。

そこまでは順調だったのですが、切ない恋というのは、どのようなものを指すのか、というところで悩みました。恋愛にも色々な形があり、いわゆる悲恋というものにも様々な種類があるとは思うのですが。

自分が一番書きたい恋愛というのは、人に笑われるような恋だなと思います。情けなくて痛々しくて、とても悲しいのに、どこか格好がつかない恋がいい。

そこから色々悩んだ末。

恋しい人が現実には存在しないとしたらどうだろうと思いついてからは、わりと順調に話の核を作っていけたような気がします。

現実と自分の妄想の区別がつかない大学生が主人公です。彼の視点から見ると、何気ない東京郊外の町も、ＵＦＯが飛び交い、カエルが喋り、山向こうからバカでかいウサギが顔を出してくるような、不可思議な世界となります。

そんな彼の前に現れたのが、彼の『現実に向き合いたい』という願望が作り出した妄想の女性『ジョナさん』であり、彼女が、この作品の堂々たるヒロインです。

当然、主人公の妄想なので、作中でも、実在していない女性として扱われます。

主人公の妄想であり、実在しないジョナさんが強引に、主人公の厄介な妄想癖を矯正しようと様々な策を実行する中で起きる、青春恋愛モノです。

学生の頃のポジティブ方向にも、ネガティブ方向にも、自意識過剰な自分を思い出しつつ書いていたような気がします。平凡な毎日を送りながらも、こうじゃないはずなのに、本当はこうなのに、と首をひねり続けるような毎日を送っていました。

個人的な話ですが、高校を中退してから二年ほど、隠居のような生活を送っていたので、大学入学後の生活があまりにもきらびやかで気後れしてしまいました。誰かと話をしているときも常に、今の自分は変なことを口走ってやしないかなどと、戦々恐々としていたことを覚えています。自分の嫌な部分はひた隠しにして、相手に自分のいい部分だけ見せようと躍起になっていたような気がします。まあ、それは今でもそうなのかもしれませんが。

そういう学生っぽさというか、完成されていない感じというか、かっこよくも素晴しくもない、他人からみると滑稽《こっけい》な、しかし主観的に見れば極めて重大な、そういう青春を書きたかったのです。かっこいいという言葉は、本来の人間性を強い意志で律した行動に対して使われる言葉だと思いますので、逆説的に考えれば、かっこ悪さにこそ、人間の本質が詰まっているのだと思っています。だから、他人から見ると笑ってしまうような、くだらないことにこそ、なにがしかの本質が宿るのだと考えます。

段々自分で自分が何を言っているのかわからなくなってきました。うまく作品の説明になっていればいいのですが。興味を持たれた方は、ぜひお読みいただければと。

ここからは謝辞を。

企画書を見せた段階で「どんな話になるのかさっぱりわかりませんが。とりあえず書いてみてください」と言ってくださった、懐の深い編集者、湯澤《ゆざわ》様。的確なご助言と辛抱強いご指導によって、なんとか形になりました。ありがとうございます。

素敵な表紙を描いていただいたふゆの春秋《はるあき》様。ありがとうございます。

妻へ、いつもありがとう。僕が物書きとしてなんとかやっていけてるのは、しっかり者の君が支えてくれるおかげです。

母へ、今の僕があるのは、あなたが必死に働いて、僕を育ててくれたからです。何をなしたわけでもない僕ですが、あなたの息子として恥ずかしくないよう、これからも頑張ります。ここのところ、少しだけ周りを見渡す余裕ができて、今更ながらに家族の大切さを感じます。今までは忙しくて中々実家に顔を出せなかったけれど、もう少し頻繁《ひんぱん》に帰ろうと思います。

この本の制作・販売に関わる全ての人へ、ありがとうございます。

そしてもちろん、この本を読まれる方々全てに、感謝を。

読んでよかったと思っていただけることを、心から祈りたいと思います。

二〇一一年　夏の日

西村《にしむら》　悠《ゆう》

西村　悠　著作リスト

僕と彼女とギャルゲーな戦い（メディアワークス文庫）
妄想ジョナさん。（同）
二四〇九階の彼女（電撃文庫）
二四〇九階の彼女II（同）
神様の言うとおりっ！（同）

メディアワークス文庫

妄想《もうそう》ジョナさん。

西村《にしむら》 悠《ゆう》

発行　2011年9月26日　初版発行

発行者　髙野 潔
発行所　株式会社アスキー・メディアワークス
〒102-8584　東京都千代田区富士見1-8-19
電話03-5216-8399(編集)
発売元　株式会社角川グループパブリッシング
〒102-8177　東京都千代田区富士見2-13-3
電話03-3238-8605(営業)
装丁者　渡辺宏一(有限会社ニイナナニイゴオ)
印刷・製本　旭印刷株式会社

Printed in Japan
ISBN978-4-04-870874-6 C0193

メディアワークス文庫 http://mwbunko.com/
アスキー・メディアワークス http://asciimw.jp/

本書に対するご意見、ご感想をお寄せください。

あて先
〒102-8584　東京都千代田区富士見1-8-19　株式会社アスキー・メディアワークス
メディアワークス文庫編集部
「西村 悠先生」係